À bout de souffle

L'ORAGE
by Romain Gary

Copyright ⓒ Éditions de l'Herne, 2005
Korean Translation Copyright ⓒ MUNHAKDONGNE Publishing Corp., 2010
All Rights Reserved.

This Korean edition is published by arrangement with
Éditions de l'Herne through Sibylle Books Literary Agency, Seoul.

이 책의 한국어판 저작권은 시빌에이전시를 통해
L'Herne 출판사와 독점 계약한 (주)문학동네에 있습니다.
저작권법에 의해 한국 내에서 보호를 받는 저작물이므로
무단 전재와 무단 복제를 금합니다.

마지막

À bout de souffle

숨겨고

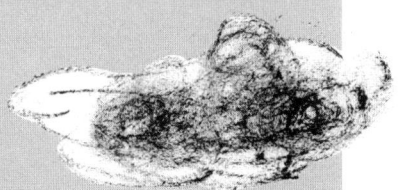

로맹 가리 Romain Gary 소설 | 윤미연 옮김

문학동네

커스터 장군[*]이 인디언을 그렇게 생각했듯이, 우리는 때때로 훌륭한 작가란 이미 죽어서 이 세상에 없는 작가라고 생각한다. 더군다나 로맹 가리는 죽어도 아주 멋들어지게 죽었다. 삶의 절정에서 수직으로 곧장 떨어져 내린, 나무랄 데 없이 깔끔한 죽음. 기억력이 좋은 사람들은 1980년 하늘이 우중충한 잿빛을 띠고 있던 그날, 이 소설가가 자살했다는 소식을 들었을 때 자신이 어디에 있었는지 기억할 것이다. 하지만 그의 사망 소식을 접하기 이전에 이미 우리는 그를 기억 속에 묻었다. 이방인 같은 분

---

[*] 남북전쟁의 영웅이었던 커스터 장군은 1868년 샤이엔 마을을 공격해 103명의 인디언을 학살했으며, 1876년 인디언과의 최대 격전이었던 리틀빅혼 전투에서 부대원 전원과 함께 전사했다.

위기를 풍기는 괴상한 모자에 희끗희끗한 수염, 거의 언제나 시가를 물고 있는 입, 꽉 끼는 군용 점퍼 차림으로 파리의 바크 거리를 어슬렁거리는 늙은 건달 같은 회색 곰. 우리는 더이상 그의 책을 읽지 않았다. 그건 분명히 우리의 잘못이었다. 그리고 우리가 아직도 그의 소설을 읽지 않고 있다면, 그것 역시 잘못된 것이다. 이십오 년이라는 세월이 흘렀다. 그리고 여기, 가리가 돌아왔다. 그는 다시 우리를 깜짝 놀라게 만든다.『마지막 숨결』에 실린 단편들은 인간의 삶에 관한 거의 모든 것을 다루고 있다. 우리는 이 책에서 하나의 우주가 만들어지는 것을 볼 수 있다. 죽음이라는 주제는 충분히 드러나 있다. 여기서 죽음은 진부한 주제가 아니다. 로스앤젤레스에서 어떤 사십대 남자*는 생을 마감하기 위해 살인청부업자를 고용하지만, 그 살인청부업자에게 살해 대상의 정체에 관해서는 아무것도 알려주지 않는다. 아프리카에서는 전투 비행사들이 난롯가에 모여 자신들이 세운 공훈에 대해 이야기한다. 그들 중 대부분이 살아 돌아오지 못했다. 차드에서는 프랑스어를 할 줄 모르는 원주민 시동이 프랑스어로 노래를 부른다. 인도차이나 쪽으로 가보자. 정글 속에 축음기가 있다. 어떤 분별없는 여자가 무리 가운데 혼란의 씨를 뿌리고,

---

*「마지막 숨결」의 본문에서는 쉰세 살, 즉 오십대 남자로 묘사되어 있다. 에릭 뇌오프의 착각인 듯하다.

의도치 않게 비극을 불러일으키면서 그곳을 아수라장으로 만들고 만다. 발바리 한 마리가 원시림 속에 묻힌다. 이 소설은 계속 공간을 이동하면서 세계 곳곳을 여행한다. 그리스에서 한 독일인 남작은 어떤 대화 중에 이런 말을 한다. "비행사들, 그리스 신화에서 남아 있는 건 이제 그들밖에 없어."* 수영에 천부적인 재능을 타고난 한 남자는 경계가 삼엄한 어떤 섬에서 골동품을 훔쳐낸다.

이 책에 실린 단편들은 영롱하게 빛나는 온갖 잡동사니로 작가 자신의 자화상을 무질서하게 구축하고 있다. 로맹 가리는 자신의 언어인 가리어로 글을 쓴다. 그 언어는 프랑스어와 지독하게 닮아 있지만 낯설고 특이하다. 그는 또한 영어로도 글을 썼다. 하지만 영어 텍스트들은 항상 최종적으로 프랑스어로 다시 번역되었다. 거칠면서도 부드럽고, 목소리가 잠긴 것 같으면서도 더할 나위 없이 완벽한 동시에 너무도 독특해서 도저히 뭐라고 분류할 수 없는 프랑스어. 그는 실내악을 연주한다. 그러다 갑자기 어떤 문장에 이르러, 그 독주자는 집시의 바이올린을 낚아채고는 광기 어린 연주를 시작한다. 그리고 악보 따위는 완전히 잊어버린 채, 모든 것을 부술 듯이 큰 북을 두드려댄다. 지나

---

* 「그리스 사람」의 본문에서는 폰 쿠를란트 남작이 "선박왕, 그리스 신화에서 남아 있는 건 이제 그들밖에 없어"라고 말한다. 에릭 뇌오프의 착각인 듯하다.

치게 많은 단어들이 쏟아지곤 한다. 형용사가 빗발치고 부사가 무더기로 쏟아져 내린다. 그건 로맹 가리가 지닌 매력의 일부이다. 어쨌든 그는 그렇게 말들을 쏟아내지 않을 수 없었을 것이다. 주방장 로맹 가리가 내놓는 음식은 확실히 누벨퀴진*은 아니다. 접시에 넘칠 정도로 푸짐하게 담긴 음식처럼, 그의 책 속에는 말들이 넘쳐난다. 하지만 그 모든 것 이면에 오랜 고통과 지독한 우수가 있다. 죽음이 찾아올 것이다. 그리고 그 죽음의 순간, 뜻밖에도 패스트푸드점 여종업원의 얼굴을 맞닥뜨리게 된다.**

문학이라는 영역 내에서 로맹 가리는 일종의 사륜구동 자동차와도 같았다. 그는 온갖 장르를 누비고 다녔다. 그는 소설, 자서전, 대담, 드골에게 바치는 송시, 두 차례의 공쿠르 상, 영화 시나리오, 한 번의 속임수***와 여러 개의 필명을 남겼다. 그는 한 사람이었지만 다원적인 인간이었다. 할리우드와 자유 프랑스군, 에밀 아자르와 진 시버그, 그런 요소들은 일종의 전설을 만

---

* 다이어트 열풍과 함께 저칼로리를 지향하며 등장한 프랑스 요리.
** 「마지막 숨결」. 이것 역시 에릭 뇌오프의 착각인 듯하다. 패스트푸드점 여종업원이 아니라 스낵바에서 만난 여자로, 스낵바 건너편 술집에서 일하는 웨이트리스다.
*** 동일인물에게 한 번만 수여되는 공쿠르 상을 각기 다른 이름으로 두 번 탄 것을 말한다.

들어냈다. 그 전설은 추잡하지 않다. 하지만 그 멋진 거짓말들은 그에게 엄청난 고통을 안겨주었다. 로맹 가리는 많은 것들에 매료되었다. 젊음, 아메리카, 영화, 정치(정치라는 것이 프랑스의 어떤 견해와 혼동된다는 조건하에서)…… 그의 마음속에는 내면의 분노가 끓어오르고 있었다. "나는 어떤 오십대 남자를 살해하러 가는 요즈음 젊은이에게는 어떤 명분이든 간에 지독하게 멋진 명분이 있을 거라고 진심으로 믿고 있다." "비열한 작자들은 절대로 슬픔을 느끼지 않는다." 이 단편들에서 그는 적절한 질문들을 제기한다. 예를 들어, 죽기 직전에 어떤 책을 읽을 것인가? 오든의 시? 성서? 푸슈킨? 그래, 낡은 전화번호부, 그거야말로 안성맞춤일 것이다. 이 단편들은 미확인 비행물체에서 내린다. 창조자는 그곳에 있다. 우리는 그의 연륜과 성공과 무관심에도 불구하고, 그가 아직 완전히 소진되지 않았다는 것을 이 단편들에서 느낄 수 있다. 오래전에 소멸된 별들이 계속 우리를 향해 빛을 발하고 있는 것처럼, 이 단편들은 변하지 않는 빛을 발하고 있다. 그래서 우리는 때때로, 뛰어난 작가들은 결코 죽지 않는다고 생각한다.

이 소설집은 1935년부터 1967년 사이에 쓰여진 로맹 가리의 단편을 모은 것이다. 이 작품들은 오늘날에는 사라지고 없는 다양한 잡지들에 뿔뿔이 흩어져 게재되었기 때문에 찾아내기가 쉽지 않았다. 「폭풍우」(1935), 「사랑스러운 여인」(1935), 「인문지리」(1943), 「냐마 중사」(1946), 「십 년 후 혹은 세상에서 가장 오래된 이야기」(1967), 그리고 최근까지도 숨어서 잠자고 있던 「그리스 사람」과 「마지막 숨결」(1970). 이 소설들에는 삶을 마칠 때까지 로맹 가리를 집요하게 따라다녔던 주제, 즉 인격 분열, 도피, 자살 등에 대한 그의 강박관념이 여실히 드러나 있다.

에릭 뇌오프[*]

---

* 프랑스의 작가이자 기자. 2001년 『어느 진짜 광인』으로 아카데미 프랑세즈 그 랑프리 상을 수상하였다.

　「마지막 숨결」과 「그리스 사람」은 완성된 단편소설이 아니라 IMEC(현대 편집 회고학회)에 등록된 '로맹 가리 재단 자료실'에 보관되어 있는 미완 소설 중 지금까지 발표된 적이 없는 초고이다. 이 원고들은 원래 『카이에 드 레른』의 〈가리〉 편에 싣기 위해 준비된 것이었다.

　장 프랑수아 앙구에와 폴 오디가 『카이에 드 레른』에 처음 게재했던 가리의 미발표작들에 대한 소개문을 아래에 그대로 옮긴다.

■ 마지막 숨결

'지친 남자 I'이라는 제목 아래 수록된 이 텍스트는 가리가 프랑스 독자를 겨냥하고 쓴 소설임에도 이상하게 영어로 쓰여 있다. 그래서 이 모음집에는 타자기로 친 영어 원고를 프랑스어로 번역하여 실었다. 이 타자본은 육필 원고와 다르며, 타자본이 훨씬 더 완성도 높은 버전이라고 말할 수 있다(타자본에도 내러티브상의 모순, 예를 들어 연대가 일치하지 않는 부분이나 단어들이 애매모호하거나 누락된 부분이 해결되지 않은 채로 남아 있긴 하지만). 육필 원고의 첫 페이지에는 그가 구상 중에 있던 수많은 소설 제목의 리스트가 있다. 그중에서 '지친 남자 I'이것은 기록되고 있다' '두번째 기회' '인생은 새롭다' '봄의 수포' '아메리카를 넘어서' '완전한 위험' '인서트 원' '서스캐처원의 몰락' '머나먼 곳에' '강간' '포장해서 팔아라' '멋진 소망' '차차 차 차 차……' '하얀 개' 같은 제목을 볼 수 있다. 그러므로 이 텍스트는 1968년이나 1969년, 아니면 소설에서 언급되기도 한 연도인 1970년에 쓰여진 것일 수 있다. 1970년은 로널드 레이건이 캘리포니아 주지사로 재선된 해이기도 하다(소설에 언급된 선거가 레이건이 처음 캘리포니아 주지사 후보로 출마했던 1966년의 선거를 말하는 게 아니라면). 따라서 타자기로 작성된 원고에는 광고 포스터에 나타난 인물이 닉슨으로 되어 있지만 육필 원고에선 그 인물은 존슨이었다. 정권 교체가 있었던 1969년은 로맹 가리가 보다 광범한 기획에 포함시키기 위한 한 편의 텍스트를 여러 주, 심지어 여러 달에 걸쳐 집필하던 해로 간주해도 될 것이다. 그런데 보다 큰 이야기의 한 부분을 이루게 될 그 텍스트는 그 자체로 한 편의 완전한 소설 형태를 이루고 있다. 『이 경계선을 넘어서면 당신의 티켓은 유효하지 않습니다』에서 그가 다룬 여러 주제 중 하나를 찾아볼 수 있다.

■ 그리스 사람

이 미완성 소설은 타자기로 작성된 원고를 옮긴 것이다. 이 소설은 갑자기 중간에서 끊기지만 첫번째 에피소드는 매듭이 지어진다. 소설의 배경이 되거나 슬그머니 끼어들고 있는 역사적 상황과 동일한 시기에 이 소설이 쓰였다고 가정해볼 때, 그리스의 대령들의 군부독재*를 다룬 챕터는 1967년에서 1974년 사이에 쓰인 것으로 추정된다. 이 발자취를 따라가면서 생각해보면,

---

* 1967년 미국의 웨스트포인트 사관학교에서 군사교육을 받은 대령들이 일으킨 군부 쿠데타.

1974년에 대령들의 군사정권이 무너지면서 로맹 가리는 이 소설을 집필해야 할 당위성을 처음부터 재고해보지 않을 수 없게 되었고, 그 결과 소설의 집필이 중단되었던 것은 아닐까?

존 제임스라는 인물과 그 인물의 몇몇 특징을 가지고 또다른 가정을 해볼 수도 있다. 소설 속의 존 제임스는 신문기자이고 영국인이지만, 사실상 이 인물은 1977년 5월에 사망한 미국의 소설가이며 로맹 가리의 친구였던 제임스 존스와 여러 모로 닮아 있다(가리는 『밤은 고요하리라』에서 제임스 존스에 대해 언급하면서, 대릴 자눅의 영화 〈지상 최대의 작전〉에서 제임스 존스와 함께 각색 작업을 했다고 말했다. 그리고 가리가 제임스 존스의 소설 『씬 레드 라인』의 프랑스어 번역판에 서문을 썼고 미국어판에 주석을 달았다는 것도 이미 알려진 사실이다. 특히 1971년에 발표한 제임스 존스의 『즐거운 5월』에서도 로맹 가리의 모습을 찾아볼 수 있다). 오마주란 일반적으로 사후에 행해지는 것이지만, 이 소설에 등장하는 존 제임스는 로맹 가리가 살아 있는 제임스 존스에게 바친 오마주였을 거라는 가정이 가장 그럴듯해 보인다.

차례

|

폭풍우

L'orage

◆『그랭구아르』, 1935년 2월 15일, p. 10에 게재.

우라지게 덥군! 파르톨은 지치고 화가 나서 벤치에 털썩 주저앉았다. 퉁퉁 부어오른 그의 얼굴에는 고통의 빛이 역력했다. 베란다 앞쪽으로는 엄청난 열기로 흔들리는 공기 속에 야자나무들이 죽은 듯이 늘어서 있었다. 밤보는 지글지글 끓는 태양 아래에서 모자도 쓰지 않은 채 방갈로까지 이어진 오솔길에 난 잡초를 짜증이 날 정도로 느릿느릿 뽑고 있었다. 작은 만(灣)의 해변에서 멀지 않은 곳에 정박되어 있는 츠랑의 쾌속선이 눈에 띄지 않을 정도로 미세하게 흔들리고 있었다. 그래서 이편에서 바라보면 배가 꼭 모래톱 위에 좌초된 것처럼 보였다. 파르톨은 헬멧을 벗고 숨을 헐떡이며 혀로 입술을 축였다.

"밤보!" 그가 소리쳤다.

그러나 그는 그렇게 소리친 것을 이내 후회했다. 목소리가 쩍쩍 갈라져 자기 귀에도 심하게 거슬렸을 뿐만 아니라, 목구멍에 끔찍한 통증이 느껴졌기 때문이다. 밤보는 베란다 계단에 올라와 말없이 명령을 기다렸다. 파르톨은 밤보에게 헬멧을 불쑥 내밀었다.

"이 헬멧을 부엌으로 갖고 가." 그가 명령했다. "이걸 마님에게 갖다줘. 헬멧에 물을 가득 채워놓으라고 마님에게 전해……"

더워서 환장하겠군! 파르톨은 지친 몸짓으로 얼굴에 흐르는 땀을 닦았다. 대기 속에는 바람 한 점 없었다. 모든 게 죽은 듯 정지된 것처럼 보였다.

"내 말 알아들었어?"

그는 탄산수가 든 사이펀의 손잡이를 눌렀다. 그러자 안에서 길게 바람 빠지는 그르렁 소리가 났다. 속이 텅 비어 있었던 것이다. 기온은 인내의 극한까지 이르렀지만, 예상치 않게 기압계의 바늘은 이틀 전부터 내려가고 있었다. 폭풍우가 불시에 섬을 강타하려는 것일까. 하지만 그건 가능성이 거의 없는 헛된 희망일 뿐이었다. 이틀 전부터 파르톨은 무력하게 하늘만 쳐다보고 있었지만 수상쩍은 기미는 눈곱만큼도 보이지 않았다. 그는 벤치에 늘어지듯 드러누워 깍지 낀 손으로 목덜미를 받치고 눈을 감았다. 눈을 떴을 때 아내가 눈앞에 서 있었다.

"츠랑이 또 하인을 보냈어요." 아내가 말했다. "빨리 좀 와달 래요. 지금 몹시 아픈가봐요."

파르톨은 욕을 내뱉었다.

"차라리 목매달아 뒈져버리라지!" 그가 소리를 버럭 질렀다. "빌어먹을, 그 중국 놈이 아무리 죽는 소리를 해도 우리보다 더 고통스럽진 않아. 츠랑은 아편만 끊으면 멀쩡해질 거야. 내가 하는 말이니까 믿어도 돼, 엘렌. 당신이 그렇게 걱정해주는 그 작자는 죽어라 아편을 피워대서 그런 거라고!"

파르톨은 못마땅한 표정으로 벤치에서 힘겹게 일어났다. 하지만 그 중국인을 만나러 가는 게 말처럼 그렇게 싫은 건 아니었다. 사실 그는 그 중국인에게 인간적인 매력과 연민을 느끼고 있었다. 그런데도 화를 내고 악담을 퍼부은 것은 순전히 참기 힘들 정도로 목이 타고 숨이 턱턱 막히는 더위 때문이었다.

"빌어먹을, 내 헬멧은 도대체 어디로 간 거야?" 그가 투덜 댔다.

그는 텅 빈 사이펀 옆, 버드나무로 만든 작은 탁자 위에 놓여 있는 헬멧을 이내 발견했다.

"당신이 시킨 대로 헬멧에 물을 채워놓았어요." 엘렌이 무덤 덤한 목소리로 느릿느릿 말했다. "밤보가 헬멧을 여기다 갖다놨는데, 당신이 잠든 사이에 물이 전부 말라버렸네요. 당신은 여기서 두 시간이나 잠을 잤으니까."

파르톨은 헬멧을 거칠게 낚아채어 머리에 푹 뒤집어쓰고는 베란다를 벗어나 오솔길로 접어들었다.

츠랑은 만의 반대편에 살았다. 태양이 무자비하게 열기를 뿜어댔다. 파르톨은 힘없이 휘청휘청 걷다가 나무뿌리에 걸려 비틀거렸다. 권총과 탄띠를 차고 나오는 것마저 잊어버렸다. 만사가 귀찮았다. 폭풍우…… 지금 그의 관심사는 오직 그것밖에 없었다. 대기 속에 느껴지는 서늘한 공기! 그것밖에는. 그는 기운이 모조리 빠져나가 마침내 병이 난 것 같은 기분이 들었다. 야자수들은 여전히 기분 나쁠 정도로 꼼짝도 하지 않고 꼿꼿하게서 있었고, 하늘은 너무도 푸르고 절망적으로 맑았다. 수평선에는 구름 한 점 없었다. 바다는 잠을 자고 있었다. 대나무들은 땅에 박아놓은 쓸모없는 막대기 같아 보였다. 기압계의 바늘이 내려가고 있는 것은 사실이었으나, 아직 대단한 정도는 아니었다.

파르톨은 멈춰 서서 헐떡거리며 숨을 가다듬었다.

엘렌은 남편의 뒷모습을 쳐다보고 있었다. 그녀는 그가 가파른 언덕길을 내려가서, 종려나무 숲 속 어딘가로 훌쩍 사라지는 것을 보았다. 그들은 사 년 전부터 이 섬에 정착해 살고 있었다. 열대의 태양은 그에게서 남성을 앗아가버렸고 그녀에게서는 사랑을 앗아가버렸다. 극도로 지쳐 있던 그녀는 파르톨이 방금 떠난 벤치에 길게 몸을 뉘었다. 방갈로 앞쪽에선 밤보가 오솔길에 돋아난 잡초를 열심히 뽑는 시늉을 하고 있었다. 사실 뽑아낼 만한 잡초도 별로 없었기 때문에, 마음먹고 달려들면 길을 깔끔하게 정돈하는 데 한 시간도 채 걸리지 않을 것이다. 하지만 밤보는 건성으로 일했고, 엘렌도 그가 게으름을 피운다는 걸 잘 알고 있었다. 엘렌은 햇빛에 타들어가는 듯한 야자수 꼭대기의 잎들을 멍하니 바라보다가 하늘을 쳐다보았다. 비탈에 세워진 방갈로는 서쪽으로 펼쳐진 거대한 농장을 굽어보고 있었다. 헛간 근처에서 단조로운 노랫가락이 끊임없이 들려왔다. 끔찍한 더위에도 불구하고, 원주민들은 아침부터 저녁까지 일을 하면서 지칠 줄도 모르고 끊임없이 노래를 불렀다. 엘렌은 바다 쪽으로 고개를 돌렸다. 순간, 그녀는 소스라쳐 놀랐다. 저 멀리 수평선에 하얀 점 하나가 나타나는가 싶더니, 순식간에 삼각형으로 변했다. 그녀는 방갈로 안으로 급히 뛰어 들어가 망원경을 갖고 나왔다. 그건 물론 그냥 지나가는 돛단배일 수도 있었지만, 엘렌은 호기심에 사로잡혀 그 배를 지켜보았다. 그 섬에는 이제까지 누구 한 사람 찾아온 적이 없었다. 그녀는 망원경을 버드나무 탁자에 내려놓고 초조하게 기다렸다. 한 시간쯤 지난 후, 돛단배가 만으로 들어와 츠랑의 쾌속선 옆에 정박했다. 엘렌은 담장에 둘러싸인 안뜰로 내려갔다.

"밤보! 저 배로 빨리 달려가." 그녀가 명령했다. "저 배를 타고 온 분에게 이리로 오시라고 전해. 빨리 가, 어서, 빨리."

그녀는 곧 자기가 어리석은 짓을 했다는 걸 깨달았다. 사실 이 섬에는 만 건너편에 있는 츠랑의 방갈로와 자기 부부가 사는 방갈로 외에는 아무것도 없었기 때문에, 이 섬을 찾아온 사람이면 누구든 그들 부부가 사는 방갈로를 찾아올 수밖에 없었다.

"아니, 그만둬!" 그녀는 말을 알아듣지 못하는 깜둥이에게 즉시 성난 목소리로 고함을 질렀다. "그냥 하던 일이나 계속해! 넌 뭐든 될 대로 되라는 식이지, 난 다 알고 있어. 주인님에게 이를 거야. 제대로 일하지 않으면 가시나무로 널 때려주라고 할 거야! 알아들었어?"

그녀는 자기가 말도 안 되는 억지를 부리고 있다는 걸 깨닫고는 수치심으로 얼굴을 붉혔다. 하지만 밤보는 한마디도 알아듣지 못했다. 그는 충성스러운 하인처럼 그녀를 올려다보면서 미소를 짓고는 자기 발치에 돋아난 풀을 느릿느릿 뽑기 시작했다.

페슈는 바닷물로 뛰어들어 배를 모래사장 쪽으로 끌어당겼다. 그러고 나서 고개를 들어 방갈로를 쳐다보았다. 그가 퓌지 원주민에게서 주워들은 정보에 따르면, 그건 파르톨 박사가 살고 있는 방갈로가 틀림없었다. 하지만 그는 아직도 주저하고 있었다. 막상 도착하긴 했지만, 이곳 사정을 전혀 몰라 선뜻 용기가 나지 않았다. 그는 발걸음을 옮기지도 못하고, 무릎까지 올라오는 물속에서 꼼짝도 하지 않은 채 그대로 서 있었다. 갑자기 다시 배를 타고 이곳에서 달아나고 싶다는 당혹스러운 욕구가 그를 사로잡았다. 페슈는 마흔 살 정도 되어 보이는 남자였다. 눈꺼풀은 염증이 나서 벌겋고, 태양빛에 그을린 얼굴엔 검은 수염이 덥수룩했다. 그는 헬멧을 쓰고 있지 않았다. 이 부근의 백인 남자치고는 이상한 일이었다. 그리고 더더욱 이상한 것은, 그가 무기를 전혀 지니고 있지 않다는 점이었다. 육상선수처럼 체격이 다부진 그는 야생동물처럼 거칠고 강인한 인상을 풍겼다. 페슈는 거칠게 숨을 몰아쉬며 붉게 충혈된 푸른 눈으로 방갈로를 이상야릇한 표정으로 노려보았다. 그 순간, 하얀 형체가 눈에 들어왔다. 그는 다시 한 번 잠시 망설이다가 뒤로 물러서는 몸짓을 했다…… 태양이 그의 머리와 목을 뜨겁게 달구었다. 바다에서 내뿜는 열기가 하늘로 올라갔다가 땅 위로 다시 떨어져 내렸다. 종려나무들은 눈이 부시는 강렬한 햇살 속에 잠겨 있었다. 마침내 결정을 내린 듯, 그는 눈앞에 보이는 오솔길을 향해 천천히 발걸음을 옮겼다. 오솔길은 방갈로까지 경사를 이루며 뻗어 있었다. 그가 지나가자 야자나무 뒤에 숨어 있던 밤보가 경계심과 호기심이 가득 찬 눈길을 그에게 던졌다. 고개를 숙인 채 두 주먹을 움켜쥐고 힘겹게 걸음을 옮기는 페슈는 싸움에 뛰어들

태세를 갖춘 맹수 같아 보였다. 얼굴에는 땀이 비 오듯 쏟아지고 있었다. 베란다 앞에 도착해서야 고개를 든 그는 갑자기 소스라쳐 놀라며 몸을 부르르 떨었다. 눈앞에 여자가 있었기 때문이다. 백인 여자…… 백인 여자를 본 게 몇 년 만인지 기억도 나지 않았다. 엘렌은 호기심 어린 눈빛으로 그를 빤히 쳐다보았다. 그녀에게서 풍겨 나오는 강렬한 불안감이 방문객의 얼굴로 깊이 파고들었다. 그녀는 그 불안감을 시선 속에 감추려 애썼지만 아무 소용이 없었고, 오히려 그 때문에 얼굴 표정이 이상야릇해 보였다. 얼이 빠진 것 같기도 하고 불안 때문에 열에 들뜬 것 같기도 한 표정. 이 사람은 감옥에서 도망친 죄수일지도 몰라, 그녀의 머릿속에 언뜻 그런 생각이 떠올랐다. 감옥은 좀더 남쪽, 이 섬에서 배로 이틀 정도 걸리는 곳에 있었다. 페슈는 뭔가를 기다리는 듯 주저하다가 앞으로 한 걸음 다가섰다.

"마실 것 좀 주십시오!" 그가 거칠게 숨을 몰아쉬며 말했다.

엘렌은 그의 목소리에서 갈증 이외의 다른 무언가를 포착했다고 생각했다. 절망 같은 것을. 그녀는 밤보를 방갈로 안으로 들여보내 사이펀을 가져오라고 했다.

"멀리서 오셨나요?" 그녀가 물었다.

"퓌지에서 왔습니다."

페슈는 비틀거리며 베란다로 올라가 잔을 단숨에 비웠다.

"파르톨 박사님을 만나러 왔습니다. 저…… 저는 급한 용무가 있습니다, 아주 급한 일입니다. 여기가 파르톨 박사님 댁인 것 같은데, 맞습니까?"

"네, 전 파르톨 박사의 아내입니다."

페슈는 어색하게 인사를 했다.

"저는…… 저는 페슈라고 합니다."

당황한 그는 베란다 한가운데 그대로 서서, 단단하게 잡힌 근육 위로 털이 덥수룩한 두 팔을 덜렁덜렁 흔들었다.

"박사님은 안에 계신가요?" 그가 물었다.

"아뇨, 그이는 친구를 만나러 나갔어요. 중국인 환자인데, 만 건너편에 살아요. 아마 두 시간은 있어야 돌아올 거예요."

침묵이 흘렀다. 페슈는 입을 다물고 있었지만 엘렌은 불규칙한 리듬으로 거칠게 헐떡이는 그의 숨소리를 분명히 들을 수 있었다. 그녀는 그가 무슨 일로 이 외딴섬까지 찾아온 건지 묻지 않았다. 물어봤자 대답해주지 않을 것 같았기 때문이다. 베란다 앞쪽에 펼쳐진 안뜰은 텅 비어 있었다. 밤보는 낯선 사람의 방문이라는 예외적인 사건을 틈타, 하던 일을 내팽개치고 농장 어딘가에서 어슬렁거리고 있는 듯했다. 하늘은 여전히 절망적으로 맑고 구름 한 점 없었다. 만에는 츠랑의 쾌속선 바로 옆에 정박되어 있는 페슈의 돛단배가 돛대를 꼿꼿하게 세운 채 미동도 하지 않았다. 숨도 제대로 쉴 수 없었다. 기압계는 계속 내려가고 뜨거운 열기는 끝없이 올라가고 있었다. 하지만 폭풍우가 몰아닥칠 거라는 생각은 꿈도 꿀 수 없었다. 페슈라는 이 사람……이 사람은 이 섬에 뭘 하러 온 것일까? 엘렌은 한숨을 쉬었다. 페슈는 몰래 그녀를 훔쳐보았다. 백인 여자! 그는 이곳을 찾아온 목적마저 잊어버렸다. 그의 시선은 마치 유혹이라도 하듯 무방비 상태로 벤치에 누워 있는 여자의 몸을 빠르게 훑었다. 블라우스 앞자락을 뚫고 나올 것처럼 불룩하게 솟아오른 풍만한 젖가슴, 얼굴, 다리…… 그는 의자에 다리를 쩍 벌리고 앉아, 맨가슴을 드러낸 채 털이 숭숭 난 두 팔을 천천히 흔들었다. 검은 수염, 염증 때문에 벌건 눈꺼풀, 엄청나게 부풀어 오른 관자놀이께의 푸른 정맥, 그런 것들 때문에 그는 기이하고도 음산해 보였다. 그는 주위를 두리번거렸다. 아무도 없었다. 안뜰은 한적했다. 그 여자는 그곳에, 그의 손이 닿는 곳에, 새하얀 속살 위에 하늘거리는 블라우스 하나만 입고 누워 있었다. 갑자기 피가 위쪽으로 몰리면서 얼굴 전체가 눈 깜짝할 사이에 시뻘겋게 달아올랐다. 그는 더이상 이것저것 따지지 않았다. 더이상 생각하지 않았다. 아니, 자기가 어떤 행동을 하고 있는지조차 더는 깨닫지 못했다. 관자놀이가 윙윙거리고 무릎이 후들거렸다. 그는 그런 상태로 의자에서 일어나, 등이 약간 구부정한데도 불구하고 아

주 유연하고 민첩한 동작으로 벤치 쪽으로 몇 발 다가갔다. 그
순간, 엘렌이 고개를 들었다. 그녀는 거대한 몸집의 남자가 바로
위에서 자기를 내려다보는 것을 보았다. 그녀는 눈앞의 위험을
알아차리고 몸을 일으키려 했다.

"밤보!" 그녀가 소리쳤다.

페슈가 재빨리 그녀 위에 올라탔다. 말없이, 짐승처럼, 입술을
꽉 다문 채, 천을 깔아놓은 벤치 위에 누운 엘렌을 온몸으로 짓
눌렀다.

"놔줘요!" 그녀가 울부짖었다. "놔줘요, 놔주세요!"

얼굴을 덮친 페슈의 수염 때문에 숨을 쉴 수가 없었다. 가슴과
허리를 난폭하게 애무하면서 허벅지 사이로 내려가는 그의 손길
이 느껴졌다.

"이거 놔!"

페슈는 그녀를 자기 품에, 자신의 다리 사이에 끼우고 더 바짝
조이기 위해 그녀의 몸을 약간 들어 올렸다. 엘렌은 자기 눈앞에
있는 그의 푸른 눈, 자신의 입술과 거의 맞닿을 듯한 거리에 있
는 그의 꽉 다문 입술을 보았다. 머리가 멍해지고 가슴이 맹렬하
게 고동쳤다. 그녀가 갑자기 상체를 완전히 뒤로 젖히면서 몸을
팽팽하게 긴장시켰다…… 페슈의 숨결, 뜨겁고 축축한 숨결이
그녀의 얼굴 위로 쏟아졌다. 그녀는 비명을 질러대면서 죽을힘

을 다해 몸을 뒤로 빼내다가 털썩하고 바닥으로 떨어졌다. 블라우스는 찢어지고, 몸은 여기저기 멍들고, 눈은 얼이 빠졌다……

페슈는 금방이라도 그녀에게 달려들 태세로 한순간 멈췄다. 앞뒤가 맞지 않는 말들이 그의 입에서 튀어나왔다. 그는 숨을 헐떡였다.

파르톨은 폭신한 소파에 미동도 하지 않고 누워 있는 츠랑을 바라보았다.

"내가 하는 말을 명심해요." 그는 화를 내면서 츠랑에게 말했다. "이게 마지막 경고입니다. 그 빌어먹을 마약은 당장 끊어요. 그런 건 악마에게나 줘버리라고요. 지금처럼 마약을 계속하다가는 며칠 못 가 죽을 겁니다. 이건 절대로 허풍이 아니에요, 의사로서 엄숙하게 경고하는 겁니다. 키니네*에도 더이상 손대선 안 됩니다, 그런 걸로 고통이 덜어지지는 않을 테니까. 그것도 아편이나 마찬가지예요, 마약이나 다를 게 없단 말입니다."

파르톨은 투덜거리면서 손수건을 꺼내 들고 자기 얼굴을 조심스럽게 닦았다. 그 중국인은 여전히 꼼짝도 하지 않고 해탈한 것 같은 미소를 지은 채 그를 쳐다보고 있었다.

"몹시 더운가보군……" 츠랑이 빈정대듯 웅얼거렸다.

---

* 말라리아 치료약. 해열제, 건위제, 강장제로도 쓰인다.

파르톨은 감정이 폭발했다.

"이런 제…… 길!" 그가 버럭 소리를 질렀다. "몹시 더운가보군, 이라니…… 당신이 뭘 알아? 당신은 아무것도 느끼지 못하잖아, 안 그래? 그 더러운 독약 외에는 아무것도 관심이 없으니까! 하지만 나는 달라, 앞으로 몇 시간 내로 날씨가 변하지 않으면 미쳐버리고 말 거라고!"

츠랑이 아주 천천히 손가락을 들어 기압계를 가리켰다.

"저게 낮아지고 있어." 그가 말했다. "이제 곧 폭풍우가 몰아칠 거요."

"폭풍우 얘기는 꺼내지도 말아요!"

파르톨은 소파 쪽으로 성난 눈길을 던졌다.

"기압계는 믿을 게 못 됩니다. 괜히 사람만 헷갈리게 만들 뿐이에요. 폭풍우는 절대로 오지 않을 겁니다. 아무 일도 일어나지 않을 거예요. 우린 비 한 방울 구경 못하고 이대로 더위에 지쳐 죽을 거라고요. 츠랑, 나는 정말로 이…… 이 저주받은 섬에서 떠나고 싶어요. 이젠 넌덜머리가 나. 더이상 견딜 수가 없어! 난…… 상태가 더 악화된 것 같으면 즉시 하인을 다시 보내세요!"

파르톨은 헬멧을 집어 들고 츠랑의 방갈로에서 나와 말없이 걸었다. 자신의 농장 앞에 다다른 그는 마지막 코프라* 수확에 관해 몇 가지 지시를 내리려고 잠시 멈춰 섰다. 하지만 갑자기 몸에 아무런 무기도 지니지 않았다는 사실을 깨닫고는 약간 불안한 시선으로 흑인들을 쳐다보았다. 원주민들도 더위에 짓눌려 있는 듯했다. 그들은 이제 노래를 부르지도 않았고, 자기들 앞에 백인 주인이 나타났다는 사실조차 알아차리지 못한 것 같았다. 파르톨은 다시 걷기 시작했다. 발걸음을 뗄 때마다, 몸을 조금이라도 움직일 때마다, 살갗이 불에 타는 것 같은 통증이 일었다. 그러다가 문득 고개를 들자 하늘 군데군데에 솜털처럼 희끄무레하고 이상야릇한 색깔들이 갑자기 생겨나는 게 보였다. 결국 츠랑의 말이 맞는지도 몰랐다. 금방이라도 폭풍우가 몰려올 것 같았다. 파르톨은 갑자기 희망에 부풀었다. 어쩌면 활기를 되찾을 수 있을지도 몰랐다. 그는 계속 걸음을 옮겼다. 이제는 기분이 좀 좋아져서 걸음걸이가 약간 경쾌해졌다. 집 안뜰에 도착한 그는 걸음을 멈추고 바다를 쳐다보았다. 츠랑의 쾌속선 옆에 낯선 돛단배 한 척이 보였다. 파르톨은 놀랍고 신기해서 휘파람을 불었다. 이 섬에 사람이 찾아오다니…… 신기한 일이군! 그는 더위조차 잊어버리고 방갈로를 향해 달려가 베란다 층계를 한걸음에 뛰어 올라갔다.

"안녕하십니까!" 그가 소리쳤다.

---

* 말린 야자 씨의 씨젖. 야자 기름의 원료.

흐릿하게 웅얼거리는 소리가 그의 귀에 들려왔다. 머리칼과 수염이 엉망으로 엉클어진 페슈가 가슴을 풀어헤친 채 벤치 옆에 서서 핏줄이 울퉁불퉁 튀어나온 팔을 기괴하게 흔들고 있었다. 그는 눈에 보일 정도로 힘들어하면서 주저하는 목소리로 느릿느릿 말했다.

"혹시, 파르톨 박사님이신가요?"

파르톨은 호기심 어린 눈으로 그를 뚫어져라 쳐다보았다.

"그렇습니다만."

페슈가 고개를 숙였다. 자기 자신과 싸우고 있는 것 같았다.

"저는 페슈라고 합니다. 퓌지에서 농장을 운영하고 있지요." 그의 목소리는 낮게 가라앉으면서 부서지더니, 마침내 속삭임으로 변했다. "저…… 저…… 선생님께 긴히 상의드릴 말씀이 있습니다."

파르톨은 놀랐다. 이 방문자의 이름은 처음 듣는 데다, 퓌지섬은 아주 멀리 떨어진 곳에 있었다. 그러므로 이 낯선 남자가 오로지 자기를 만나려고 그 먼 바다를 건너왔다면, 이 남자의 용건은 대단히 심각한 것임에 틀림없었다.

"무슨 일인지 말씀해보시지요."

하지만 페슈는 고개를 저었다.

"선생님께만 말씀드리고 싶습니다." 그는 그 말만 되풀이했다.

그제야 파르톨은 자기 아내가 옆에 있다는 사실을 깨달았다. 그녀는 난간에 팔을 괴고 그들에게서 등을 돌리고 있었다.

"그럼 안으로 들어가시죠."

페슈가 방갈로의 문턱을 넘어갔다. 파르톨은 현관에 잠시 멈춰 서서 하늘을 다시 한번 쳐다보았다. 하늘은 빠르게 어두워지고 있었다. 파르톨은 더운 공기를 폐 속 깊이 들이마셨다. 가벼운 바람 한 점이 대기 속을 스쳐 지나가는 것 같은 느낌이 들었다. 그는 안으로 들어갔다.

엘렌은 몸에서 열이 나는 것 같았고, 지칠 대로 지쳐서 숨 쉬는 것조차 힘들게 느껴졌다. 아무리 애써 생각해봐도 방금 전에 자신에게 일어난 일을 제대로 이해할 수 없었다. 페슈가 왜 갑자기 행동을 멈추었을까? 그녀는 머릿속으로 이 의문을 수없이 되뇌어보았지만 만족할 만한 답은 찾을 수 없었다. 그녀가 젖가슴을 드러낸 채 무방비 상태로 바닥에 누워 있었는데, 그는 왜 갑자기 뒤로 물러나면서 마치 사냥꾼의 총에 맞은 야수처럼 두 팔을 치켜들고 울부짖었을까? 엘렌은 이해할 수 없었다. 머리가 깨질 듯이 아파왔다. 주위의 공기는 숨도 제대로 쉴 수 없을 정도로 무겁고 답답했다. 그때 안뜰에서 부동자세를 취하고 있던 야자수들이 갑자기 자세를 흐트러뜨리는 것처럼 보였다. 야자수의 노르스름한 잎들이 어렴풋이 흔들렸다. 엘렌은 바다를 바라보았다. 바다는 양털처럼 거품이 이는 잔물결로 뒤덮여 있었고, 각각의 물결은 우유 거품 같은 하얀 덮개를 쓰고 있었다. 만에 정박되어 있는 츠랑의 쾌속선과 페슈의 돛단배가 물결 위에서 흔들리기 시작했다.

"엘렌!"

그녀는 소스라쳐 놀랐다. 파르톨이 현관 문턱에 서 있었다.

"츠랑 집에 좀 다녀오겠소?" 그는 방갈로 안에 있는 사람이 들으라는 투로 약간 큰 소리로 외치듯 말했다. "깜빡 잊고 탄띠와 총을 그 집 소파에 두고 왔어."

파르톨이 거짓말하고 있다는 것을 엘렌은 분명히 알고 있었다. 그녀는 오전에 그가 총도 탄띠도 없이 집을 나서는 걸 분명히 보았다.

"하지만……" 그녀가 뭐라고 말하려 하자, 그가 재빨리 그녀의 말을 가로막았다.

"잠자코 시키는 대로 해!"

파르톨은 목소리에 힘을 주면서 말했다. 그런데도 그녀가 계속 망설이자, 그는 거의 속삭임에 가까운 목소리로 나지막이 말했다.

"빨리 가…… 나중에 설명해줄 테니까."

갑자기 엘렌은 페슈가 이 섬을 찾아온 이유가 궁금해졌다. 그녀는 베란다 계단을 천천히 내려갔다. 남편의 목소리에는 알 수 없는 불안과 두려움이 담겨 있었다. 하지만 그녀는 그가 용기 있고 성격이 불같은 사람이라는 걸 알고 있었다. 그가 그렇게 한사코 그녀를 츠랑의 집으로 보내려는 건 그녀를 어떻게든 집에서 내보내기 위한 구실인 것 같았다. 그녀는 갑자기 하늘에서 뭔가 변화가 일어나는 것을 느끼고 고개를 들었다. 구름 한 점이 그녀의 머리 위에 길게 드리워져 있었다. 어두운 구름, 거의 검은 빛이 도는 먹구름이었다. 엘렌은 점점 더 숨이 차올랐다. 열기가 그녀의 온몸을 짓눌렀다. 이런 날씨에 츠랑의 집까지 가는 건 정말로 미친 짓이었다. 금방이라도 폭풍우가 몰아칠 것 같았다. 늘 그렇듯이 폭풍우는 순식간에 들이닥칠 것이다. 그 중국인의 방갈로에 도착하기도 전에. 그녀는 마음을 정하지 못하고 숨을 헐떡이다 마침내 걸음을 멈추고 바다 쪽으로 돌아섰다. 페슈의 돛단배가 파도 위에서 미친 듯이 춤을 추고 있었다. 파도가 점점 더 거세어지고 있었다. 바람살은 느껴지지 않았지만, 야자나무들이 이리저리 흔들리면서 지면으로 비스듬히 기울어졌다. 그녀가 발길을 되돌릴 때 방갈로에서 나오는 페슈가 보였다. 그는 해변을 향해 걸어갔다. 모자도 쓰지 않고, 등을 구부리고 고개를 숙인 채 완전히 기가 꺾인 모습으로 왔던 길을 따라 되돌아갔다. 그녀는 그의 두 팔이 몸에 붙어 있는 게 아니라 마치 가느다란 끈으로 몸통에 매달아놓은 것처럼 기괴하게 오른쪽으로, 왼쪽으로, 앞으로, 뒤로, 흐느적거리고 있는 것을 멀리서 지켜보았다. 그는 서두르지 않았다. 자연의 변화를 전혀 알아차리지 못하는 것 같았다. 등이 구부정하게 굽은 페슈의 하얀 형체가 엘렌의 시야에서 잠시 사라졌다. 그는 언덕의 남쪽 비탈, 만 쪽으로 난 오솔길을 내려가는 게 분명했다. 그가 시야에 다시 나타났을 때, 그는 무릎까지 잠기는 바닷물 속에서 자신의 배를 바다 쪽으로 힘겹게 밀고 있었다. 이제 곧 폭풍우가 몰아칠 텐데 바다로 나가려 하다니…… 엘렌은 외마디 비명을 내지르며 달리기 시작했다. 배를 밀고 있던 페슈가 고개를 들었다.

"저기요……"

엘렌은 잔뜩 잠긴 목소리로 힘겹게 말했다. 그녀 자신도 처음 들어보는 낯선 목소리였다. 소맷부리가 너덜너덜 찢어지고 축축하게 젖은 셔츠를 입은 페슈가 물속에 서서 주름으로 뒤덮인 창백한 얼굴을 일그러뜨리면서 그녀의 눈을 똑바로 쳐다보았다.

"무슨 일입니까?"

파도 소리가 그의 목소리를 집어삼켰다. 그는 파도 소리에 맞서 고함을 질러야 했다. 그들은 파도가 바위를 뚫어 만들어놓은 거대한 고둥처럼 생긴 공간 속에 들어와 있었다. 파도가 그들의 발치에 와서 부서졌다가 모래톱 위로 윙윙거리며 달려들고, 소용돌이치다가 포말로 부서져 내리면서 끊임없이 으르렁거리는 소리가 대기를 가득 채웠다. 엘렌은 발이 푹푹 빠지는 축축한 모래 속에서 힘겹게 몇 걸음을 옮겼다.

"지금 바다로 나가면," 그녀가 소리쳤다. "만을 벗어나지도 못하고 물에 빠져 죽을 거예요!"

"아, 그건 나도 알고 있소!"

페슈는 그래도 어쩔 수 없다는 듯 어깨를 으쓱했다. 파도가 그를 에워싸듯 달려와 뱃전에 부딪치면서 그의 몸에 물을 튀겼다.

"나도 알아! 그래서? 그게 당신과 무슨 상관이지?"

엘렌은 아무 대꾸도 하지 않았다. 그녀는 자신을 덮치고 강간하려 했던 남자를 왜 애써 붙잡으려 하는지 자기 마음을 도무지 이해할 수 없었다. 사실 그가 떠나든 말든 그녀와 무슨 상관이란 말인가? 그녀는 그에게로 다가가 그의 팔을 붙잡고는, 까만 두 눈을 반짝이면서 그의 얼굴을 쳐다보았다.

"가지 말아요." 그녀가 작은 목소리로 말했다. "여기 그냥 있어요…… 그렇게 해요…… 나를 위해 그렇게 해줘요."

페슈는 분노와 고통과 욕망이 뒤섞인 눈으로 그녀를 쳐다보았다. 그는 너덜너덜하게 찢긴 그녀의 블라우스 너머로 숨을 쉴 때마다 들썩거리는 풍만한 젖가슴과 새하얀 속살을 분명히 보았다…… 그는 주먹을 불끈 움켜쥐고 비틀거리다가, 배에 부딪쳐 물속에 처박힐 뻔했다. 그녀는 그가 품에 안아볼 수 있는 마지막 여자였다…… 그는 이제 곧 죽을 터였다. 곧 죽을 인간이 남은 자들의 앞날을 염려하는 건 웃기는 일이었다.

"떠나지 않을 거죠, 네?"

엘렌은 그와 몸이 닿을 정도로 가까이 다가와 있었다.

페슈는 자신의 행동이 얼마나 엄청난 결과를 초래하게 될지 생각하며 얼굴이 새파랗게 질렸다. 하지만 곧 무력하게 상황에 몸을 맡기고 말았다. 그의 눈은 얼이 빠졌고 입은 경직되었다. 그는 그 상태로 그녀를 품 안에 꼭 끌어안고 그녀의 가슴에 자신의 뺨을 갖다대면서 모든 걸 잊었다…… 엘렌은 거부하지 않았다. 손끝 하나 움직이려 하지 않았다. 거친 파도가 높이 치솟았다가 다시 떨어져 내렸다. 배가 솟구치며 사방으로 요동쳤다. 커다란 파도가 그들을 모래사장으로 밀어붙였다가 다시 물속으로 끌고 오면서, 서로 몸을 부딪치며 뒤엉키게 만들었다. 바다가 노호하고 있었다.

마비 상태에서 벗어나 정신이 들자, 엘렌은 곧 외로움과 슬픔 때문에 고통스러워졌다. 페슈는 이미 떠났다. 그녀는 신음하며 간신히 일어나 다리를 질질 끌고 바위 끄트머리까지 걸어갔다. 거기서 절망에 빠진 시선으로 바다를 바라보았다. 한순간 그녀는 물결 위로 오르락내리락하는 돛단배를 보았다. 돛대 앞에서 꼼짝도 하지 않고 서 있는 아주 작고 흐릿한 형체가 언뜻 보이는 것 같았다. 그 순간 그녀는 심장이 멈췄고, 머릿속에서 온갖 상념이 들끓었다…… 페슈에게 무슨 일이 일어난 걸까? 그는 왜 죽음을 선택한 것일까? 그녀는 물속에서 비틀거리며 넘어지지 않으려고 바위에 매달렸다. 주위에서 울려대는 굉음이 사방으로 넓게 퍼지면서 하늘로 솟구쳐 올랐다. 야자나무와 종려나무가 바람에 찢기면서 사방으로 미친 듯이 흔들렸다. 공기는 지독하게 뜨겁고 메말랐다…… 목구멍이 죄어들었다. 바람이 점점 더 세차게 몰아쳤다. 폐가 가슴 속에서 오그라들었다. 입천장이 부풀어 오르면서 끔찍한 통증이 일었다…… 엘렌은 오솔길을 달려갔다. 날카롭게 날이 선 키 큰 풀들이 그녀의 옷을 찢고 몸 여기저기에 상처를 입혔다…… 그녀가 길모퉁이를 돌아섰을 때, 방갈로가 보였다. 파르톨은 마당으로 내려와, 벤치와 버드나무 탁자를 바닥에 쌓아놓고 불을 붙이고 있었다. 발소리에 그가 뒤를 돌아보았다. 그는 웃으면서 아내에게 소리쳤다.

"츠랑 말이 맞았어! 정말로 폭풍우가 몰려오고 있어, 저것 봐!"

그는 손가락으로 하늘을 가리켰다.

"페슈가 떠나는 걸 말리지 않다니, 어떻게 그럴 수 있어요?"

엘렌은 남편이 너무도 원망스럽고 미워서 그에게 미친 듯이 분노와 저주를 퍼붓고 싶었다. 눈물이 그녀의 뺨 위로 흘러내렸다. 그녀는 아직도 페슈의 체온과 감촉을 온몸으로 느꼈다. 입술과 가슴에는 그의 입맞춤이, 얼굴에는 그의 열정적인 애무가 느껴졌다. 그녀는 주먹을 꽉 움켜쥐고 꼼짝도 하지 않고 서서, 증오와 절망으로 일그러진 얼굴로 남편을 쏘아보면서 천천히, 고통스럽게 말했다.

"그건 그더러 죽으라는 얘기나 마찬가지였어…… 당신도 알잖아…… 당신은 알고 있었어……"

파르톨은 어깨를 으쓱하고는 고개를 떨구었다.

"불쌍한 친구!" 그가 중얼거렸다.

그의 목소리에는 진심 어린 연민과 회한이 담겨 있었다.

"그게 무슨……"

뭔가가 부딪치며 박살나는 것 같은 무시무시한 소리가 엘렌의 말을 끊었다. 종려나무 숲 어딘가에 벼락이 떨어진 것이다. 그러더니 갑자기 거짓말처럼 사위가 잠잠해졌다. 경건하고 절대적이고 거대한 정적이 감돌았다…… 아무것도 움직이지 않았다. 파르톨은 모든 신경이 팽팽하게 당겨져 곧 끊어질 듯 느껴졌다. 그는 기다렸다. 가슴이 두근거리고 콧구멍이 바르르 떨렸다. 곧 이 섬에 폭풍우가 몰아칠 것이다. 조금만…… 삼십 초만 더 있으면…… 이파리 하나 움직이지 않았다. 그는 아내의 창백하고 초췌한 모습을 보고 깜짝 놀랐다. 그는 그녀를 감싸 안고 어루만지면서 그 창백한 뺨에 키스를 해주고 싶었지만 선뜻 그러지 못했다.

"당신더러 츠랑 집에 갔다 오라고 한 건," 그가 말했다. "그건, 당신을 그…… 페슈라는 작자에게서 멀리 떼어놓으려고 그랬던 거야. 그 작자가 돌아갈 때 당신에게 작별인사를 하지 못하도록. 그가 왜 이 섬에 온 건지 당신에게 말해주지 않은 게 분명하군……"

빗방울 몇 개가 땅바닥에 떨어졌다.

"그는 나를 만나러 왔어, 내가 의사라는 말을 듣고 이 섬으로 찾아온 거라고. 그는 자기가 병에 걸린 게 아닌가 하고 잔뜩 겁을 집어먹고 있었어. 그의 예상이 맞았지." 파르톨은 서늘한 빗방울이 얼굴을 때리고 목을 따라 흘러내리는 것을 느끼며 말로 표현할 수 없는 기쁨에 휩싸였다. "그는 나병에 걸렸어. 퓌지 섬 원주민에게서 옮은 거지. 그 섬에선 아주 흔한 병이니까. 그런데 엘렌, 여기서…… 무슨 일이 있었던 거야? 도대체…… 무슨 일이 있었던 거지? 말해 봐, 무슨 일이 있었냐고……"

번개가 하늘을 갈랐다…… 갑자기 둔탁한 우르릉 소리에 방갈로가 지붕까지 흔들렸다.

마지막 숨결

À bout de souffle

◆ 영어로 쓰인 미발표 원고.

1

시작하기 전에, 미국인이 사용하는 비속어 '마더-퍼커(mother-
fucker)'*에 해당하는 말이 프랑스어에는 존재하지 않는다는 것
을 프랑스 독자들에게 미리 밝혀둘 필요가 있을 것 같다. 나는
문화 간 소통 문제에 있어서 최고 권위자인 내 친구 에드몽 글렌
과 함께 이것에 관해 많은 이야기를 나눴다. 그리고 오늘날 미국

---

* (원주) 'to fuck'은 성관계를 가진다는 뜻의 비속어이다. 따라서 mother-fucker
는 문자 그대로 '자기 어머니와 성관계를 갖는 자'를 의미한다. 이것은 오늘날
프랑스어의 'nique ta mère(네 어미와 붙어먹어라/니미럴)'라는 표현을 상기
시킨다. 이 프랑스어 표현은 영어의 mother-fucker와 똑같은 식으로 사용될 수
는 없지만, 신기하게도 대단히 유사하다.

의 문학과 젊은이들을 정확하게 이해하는 데 있어서 대단히 중요한 단어인 '마더-퍼커' '콕페드(cockfed)'* 같은 단어들을 프랑스어로 옮기는 건 거의 불가능하다는 데 의견의 일치를 보았다. 그래서 나는 선셋 스트립의 햄버거 스낵바 앞에 걸린 메뉴판에 분필로 써놓은 '퍽버거(fuckburger)'라는 단어를 굳이 번역하려 애쓰지 않을 것이다. 내 생각에 그건 분명히 '치즈버거'나 '햄버거' 같은 단어에서 파생된 조어인 듯하다. 하지만 치즈버거가 '다진 쇠고기'에 치즈를 얹은 것을 의미한다면, 퍽버거에는 정확히 뭘 얹어야 하는 걸까? 나로서는 전혀 알 길이 없었지만, 아마도 뭔가 굉장히 맛있는 것을 얹을 것이라는 생각이 들었다. 그래서 나는 호기심을 안고 그 가게로 들어갔다. 사실 어떤 기대감에 들떠 있기도 했고. 쉰셋이라는 나이에, 게다가 숨가쁘게 분주한 삶을 살아온 후에 아직도 새로운 종류의 희망이나 미지의 경험이 가능하다고 생각하면서 덤벼든다는 건 그 자체로 고무적인 일이니까.

미국의 신세대들은 우리의 가장 무모한 꿈보다 훨씬 더 무모한 꿈을 향해 거침없이 달려들어, 거기서 뭔가를 발견해낼 수 있

---

* (원주) 'cock'은 페니스를 가리키는 비속어이고, 'fed'는 '먹는다'라는 뜻의 영어이다. 따라서 'cockfed'는 여자가 남자에게 해주는 구강성교를 뜻하는 비속어이다.

었다. 나는 가게로 들어가 꽤나 수줍어하면서 커피 한 잔을 주문했다. 그리고 뭔가를 예상하고 있었다. 글쎄, 어떻게 말해야 할까, 공격당할 것을 예상하고 있었다고나 할까? 희끗희끗한 머리칼, 주름진 얼굴, 양복 깃에 꽂은 레지옹 도뇌르 3등 훈장 수훈자의 약장(略章), 이제는 시대 뒤편으로 밀려난 구닥다리임을 여실히 드러내는 그 모든 특징을 온몸에 지닌 채, 무턱대고 픽버거를 주문할 수는 없는 노릇이었다. 늙은 색골로 취급당하고 싶은 생각은 추호도 없으니까.

그곳에는 새파란 애송이들이 들끓었고, 주크박스에서는 노래가 흘러나오고 있었다. "Give it to me, baby, give it, give it all. If you love me tender I shall kill them all."*

프랑스에서 우리가 "적들의 더러운 피가 우리의 밭고랑을 적시도록"이라는 〈라 마르세예즈〉의 그 숭고한 노랫말을 외쳐댔던 것처럼, 베트남에서 싸웠던 젊은이들이 그들 세대의 영웅적인 쾌거와 관련된 애국적인 노래를 듣는 모습을 보고 있노라면 힘이 솟는다. 지금 이 나이에, 그리고 전시에 어떤 숭고한 대의명분을 가지고 수많은 독일의 도시들을 폭격했던 나 자신의 영웅적인 과거를 결산해볼 때, 나는 우리가 추구했던 영원한 가치들

---

* (원주) "내게 줘, 베이비, 내게 줘, 나에게 모두 줘. 네가 날 부드럽게 사랑해준다면, 그들을 전부 죽여주겠어."

이 살아남았다는 것을 눈으로 확인하고서 감동을 받았다. 그 가치들이 퍽버거와 함께 살아남았건 퍽버거 없이 살아남았건 간에 말이다. 하지만 그건 나의 착각에 불과했다. 영속적인 가치들이라는 관점에서, 그 다음에 뒤따라온 것은 오히려 전혀 예상하지 못했던 것들이었다. [……]

가게 안은 제법 그럴듯하게 꾸며져 있었다. 한쪽 벽에는 드골 장군의 모습이 그려진 사이키델릭한 포스터가 있었는데, 포스터 위쪽에 'Screw you, America'*라는 글귀가 적혀 있었다. 만약 '초상화'라는 용어를 사용해도 된다면, 그 포스터는 아주 작은 성조기를 사이에 두고 두 손을 약간 벌린 발가벗은 남자를 묘사한 사이키델릭 아트 스타일의 거대한 초상화였다. 나는 천성적으로 예술가 기질이 있기 때문에, 작품의 예술적 가치를 감정하는 눈길로 그 포스터를 주시했다. 그곳에는 '포레스트론**이 모든 것을 책임지겠습니다'라는 선전 문구 위에 닉슨 대통령을 커다랗게 그려놓은 포스터도 있었다. 그리고 바지를 내리고 똥인지 뭔지를 누고 있는 엉클 샘, 자유의 여신상, 브리지트 바르도처럼 육감적으로 그려놓은 체 게바라의 초상화를 교묘하게 합성해놓은 아주 매력적인 몽타주도 있었다. 그 핀업 포스터들은 영

---

* (원주) "미국이여, 엿 먹어라."
** (원주) LA에 있는 유명한 장례의식 전문 거대기업.

원히 핀업으로 남아 있을 것이다.

"더 필요한 건?" 계산대의 젊은 남자가 나에게 물었다.

미국의 인종적 상황이 현재와 같고, [……]를 성공적으로 되찾으려 애쓰는 아프리카계 미국인의 극단적인 정서를 고려해볼 때, 바보 같아 보일 수도 있겠지만 나는 흑인에게 픽버거를 달라고 선뜻 말할 용기가 나지 않았다.

그런데 어떤 나이 어린 여자가 스툴에 앉아 나를 빤히 쳐다보고 있었다. 이제까지 나를 그렇게 빤히 쳐다본 사람은 아무도 없었다. 그녀는 미니스커트를 입고 양 무릎을 벌리고 있었는데, 치마 속에 아무것도 입지 않았다. 솔직히 말하자면, 나는 시선을 피하려 애썼다. 그녀의 머리는 멋진 다갈색이었다.

주크박스에서 노래가 흘러나오기 시작했다. [……]

"픽버거 하나 주시오." 나는 거침없는 어조로 말했다.

그 여자가 계속 나를 관찰하기에 나는 그녀에게 미소를 보냈다. 그러자 그녀도 나에게 미소로 답했다.

"멕시코 분이세요?" 그녀가 물었다.

"프랑스 사람입니다."

그녀는 얼굴을 환하게 빛내면서 무릎을 좀더 벌렸다.

"어머, 우리 아버지가 3차 세계대전 때 프랑스에 있었는데."

"당신 아버지가 프랑스를 좋아했나요?"

"그건 나도 모르죠." 그 여자가 말했다. "거기서 죽었으니까."

계산대의 아프리카계 미국인이 내가 주문한 것을 들고 돌아왔다. 작은 빵 속에는 잘게 다진 쇠고기 외에 다른 건 아무것도 보이지 않았다.

"이걸 왜 퍽버거라고 부릅니까?"

"최고니까."

나는 고기 맛을 보았다. 보통 햄버거와 전혀 다를 게 없었다. 주위에 약간 시적인 분위기가 흐르고 있다는 것 외에는.

"어이, 치마 속이 훤히 보여." 젊은이 중 하나가 알려주었다.

밥 딜런 같은 헤어스타일의 그 청년은 초록색 귀고리를 하고, 'I Hate You'*라는 문구가 새겨진 스웨트 셔츠를 입고 있었다. 여자가 무릎을 오므렸다. 나는 뭔가 엄청난 손해를 본 느낌이 들었다. 그녀는 프렌치프라이를 먹고 있었다. 눈에 확 띄는 타입은 아니지만 꽤 예쁜 편이었다. 그리고 엄청나게 숱이 많은 다갈색 머리칼 아래 애잔한 느낌을 주는, 주근깨로 뒤덮인 창백하고 조그마한 얼굴은 숲 속에서 길을 잃은 동화 속 어린아이 같았다.

그 스낵바 앞 거리에는 근사한 차들이 끊임없이 지나다니고 있었다.

---

* (원주) '난 너를 증오해!'

"난 늘 프랑스에 가보고 싶었어요." 그 여자가 말했다.

"그곳에 가족이 있나요?" 내가 그녀에게 물었다.

그녀의 얼굴이 환하게 빛났다.

"이 세상 전부, 내겐 이 세상 전부가 가족이에요."

나는 독한 술을 여러 잔 마신 것 같은 기분이 들었다.

"이 세상 모든 사람들이 내 가족이라니까요." 그녀가 행복한 표정으로 되풀이했다.

"고안가 보죠?" 내가 물었다.

아무리 노력해도 나는 가끔가다 나도 모르게 고약한 말을 내뱉고 만다.

"아뇨." 여자가 말했다. "나는 토플리스 웨이트리스*예요. 저기 맞은편에 있는 '푸시 캣'에서 일해요. 프랑스에서도 이 일을 계속할 수 있을까요?"

"미친년, 그딴 생각일랑 당장 집어치워." 젊은이가 말했다. "그곳에 가면 결국 넌 사창가에서 인생을 종치게 될 거야."

"그러면 어때? 그래도 난 상관없어. 내가 내 인생에서 뭔가를 하고 있는 한은." 여자가 말했다.

아프리카계 미국인이 여자를 쳐다보았다.

---

* 젖가슴을 드러내고 손님을 접대하는 웨이트리스.

"난 말이야, 정말로 이 세상 모든 사람을 사랑해." 여자가 상냥한 어조로 말했다.

"그러니까 임질이 떨어질 날이 없지." 젊은이가 말했다.

자유의 여신상에 똥을 누고 있는 엉클 샘의 포스터 아래에서, 보라색 셔츠와 초록색 바지를 입은 젊은 흑인이 냅킨에다 뭔가를 그리고 나서 그걸 갈기갈기 찢었다. 그의 셔츠 등판에는 십자가에 못 박힌 예수가 커다랗게 그려져 있었다. 십자가는 흰색이었고, 예수는 검은색이었다. 나는 군인들이 루뭄바*의 머리채를 붙잡고 강제로 무릎을 꿇리는 그 유명한 사진이 그곳에 있다는 걸 그제야 알아보았다. 내가 들은 바로는, 카사부부**는 루뭄바를 고문하고 죽인 후에 그의 간을 꺼내 먹었다고 한다. 나는 늘 그게 아주 이상하다고 생각해왔다. 그러니까 내 말은, 자신의 원수라고 생각하는 사람의 신체를 먹는 게 이상하다는 것이다. 나 같으면 내가 정말로 사랑하는 사람의 간이라면 먹을 수 있을 것 같다. 하지만 증오하는 사람이라면 그의 신체 중 아주 작은 한 조각이라도 목구멍에 밀어넣는 건 절대로 불가능할 것 같다.

"그래서 뭐? 뭐가 어쨌다고! 내 것 가지고 내 마음대로 하겠다는데 네가 왜 이래라저래라 하는 거야? 난 내 엉덩이로 무슨

---

* 아프리카 민족주의 지도자, 콩고민주공화국의 초대 수상.
** 콩고민주공화국의 초대 대통령. 루뭄바와 격렬하게 대립했다.

짓이든 할 수 있어, 누군가를 행복하게 해줄 수 있다면."

"그럼 뭐하러 나랑 결혼한 거야? 빌어먹을!" 화가 난 남자가 소리쳤다.

그 여자는 나를 아주 진지한 눈빛으로 쳐다보았다. 다갈색 머리칼 속에 아기 다람쥐처럼 들어앉은 조그맣고 파리한 얼굴. 그 얼굴 속의 커다란 푸른 눈.

"잭, 내가 왜 너랑 결혼했는지는 너도 잘 알잖아. 너한테 그 정도는 해줘야 한다고 생각했어. 내가 끊임없이 임질에 걸리고 그걸 다른 사내들에게 옮긴다고? 그건 말도 안 되는 소리야. 너도 분명히 알고 있잖아. 내가 제일 처음 임질을 옮긴 사람이 바로 너였어. 그래서 너랑 결혼하지 않을 수 없었다고. 안 그래? 맞잖아!"

"퍽버거 하나 더 주시오." 나는 단호한 어조로 말했다.

여자가 내 쪽을 돌아봤다.

"결혼하셨어요?"

나는 지갑에서 매력적인 여자 사진을 꺼냈다. 머리는 백발이지만 얼굴은 앳되어 보이는 여자. 나는 그 사진을 그녀에게 보여주었다. 오 년 전쯤에 나는 이 얼굴과 사랑에 빠졌고, 그래서 어떤 잡지에서 이 얼굴을 오려냈다. 냉장고 광고 사진이었다. 그 이후로 나는 항상 이 사진을 갖고 다녔다. 내가 살아오면서 여자들과 가졌던 관계 중에서 이 여자와의 관계야말로 가장 성공적이었다.

"아주 아름다우시네요." 여자가 나에게 말했다. "선생님은 왠지 행복한 분일 것 같아요. 자녀분은 있나요?"

"딸이 하나 있습니다. 오스트레일리아에서 어떤 양치기와 결혼했죠." 딸이 없는 사람은 자기 딸이 오스트레일리아 목동과 결혼한다 해도 절대로 막지 않는다. 나는 갑자기 강렬한 현실감을 느꼈고, 땅 위에 견고하게 두 발을 디디고 있다는 느낌에 사로잡혔다. 그래서 언젠가 딸을 다시 만날 날이 정말로 오지 않을까 나 자신에게 물어보기까지 했다. 양 떼가 지나가는 탁 트인 초원과 드넓은 하늘. 투쟁과 싸움으로 세월을 보내면서, 나는 수없이 많은 장소와 역사적인 사건을 보고 겪었고 많은 사람을 죽였다. 그래서 나에게 남은 유일한 희망, 그것은 오스트레일리아에서 양을 키우지 않는 녀석에게 시집간, 존재하지 않는 내 딸이 평화와 행복을 누리는 것이다.

"양," 여자가 되풀이해 말했다. "떼지어 몰려가는 수백만 마리의 양 떼. 정말 멋지겠다."

그녀의 눈에 눈물이 글썽였다.

나 역시 감동하기 시작했다. 내가 오스트레일리아에 살고 있는 행복한 딸을 만들어낸 건 여러 해 전이었다. 그런데 무엇 때문인지 요즘 들어 나는 그 딸을 거의 잊고 살았다. 나는 나쁜 아버지였다. 좀더 자주 그 아이를 생각해야 할 것이다. 그건 훌륭한 명상 수련이다. 딸을 생각하면 피로 얼룩진 투쟁으로 보내온 내 인생을 잊어버리게 된다. 내가 이끌던 이백오십 명의 전투 비행단 대원 중에서 생존자가 겨우 다섯 명밖에 되지 않았다는 사실도, 살해되거나 총살당한 사람들도, 내가 폭파시킨 건물들도, 내 손으로 해치웠던 개자식들도, 그리고 부질없는 그 모든 것도 전부. 에롤 플린*은 언젠가 나에게 자기는 아주 어렸을 때 이빨로 숫양의 불알을 까는 일을 했었다고 털어놓았다. 그건 지금도 쓰이는 기술이다. 아니, 어쨌든 과거에는 쓰였던 기술이었다. 불쌍한 루뭄바.

그림 위에서 퍽버거가 지글거리는 소리 외에는 한동안 아무 소리도 들리지 않았다. 그 순간 나는 체 게바라와 자유를 위해 싸우던 그 모든 사람이 머릿속에 떠올랐다. 나는 '자유를 위한 투사'라는 명칭을 제일 처음 사용한 게릴라가 누구였는지 기억해내려 애썼다. 알제리에서, 스페인 내전의 국제 자원병들에서, 쿠바에서, 인도차이나에서, 체코슬로바키아에서였을까? 프랑스 레지스탕스, 미국의 흑인, 게토의 유대인, 팔레스타인 파타 당의

---

* 〈로빈 후드의 모험〉(1938), 〈돈 주앙의 모험〉(1948) 등에 출연했던 오스트레일리아 출신 영화배우.

테러리스트, 그리스인이었을까? 하지만 그 의문의 해답을 찾는
건, 1938년 스페인 내전 당시 내가 말로의 국제비행대대에서 육
개월을 보내고 프랑스에서 독일군을 죽이기 전에, 그러니까 열
여덟 살 때 무솔리니의 파시스트와 맞서 싸우기 위해 아비시니
아*로 달려가 처음으로 자원입대한 이후 오십오 년의 세월 동안
잠자리를 같이했던 여자들의 이름을 모두 기억해내는 것만큼이
나 어려운 일이었다. 갑자기 나 자신이 아무런 즐거움도 누리지
못한 채 그릴 위에서 구워지고 있는 픽버거가 된 것 같은 기분이
들었다.

"혹시 여러분 중에 '자유를 위한 투사'라는 명칭의 기원을 알
고 계신 분이 있습니까?"

그들은 눈을 동그랗게 뜨고 나를 쳐다보았다. 만약 세대 간의
단절에 눈이 있다면, 분명히 그런 눈이었을 것이다.

"뭐라고 했죠?" 흑인이 물었다.

"'자유를 위한 투사'."

"아뇨, 로스앤젤레스에 그런 이름을 가진 그룹은 없어요."

"캐피틀 레코드사의 음반들," 나는 계속 말을 이어나갔다. "애
니멀스와 그레이트풀 데드 같은 최고의 그룹. 비치 모로즈의 기

---

* 에티오피아의 옛 이름.

타는 정말 끝내줬지. 그들이 연주한 노래를 들어봐야 해, 친구."

그 흑인이 내 얼굴을 민망할 정도로 빤히 쳐다보았다. 그는 내가 되는대로 아무 말이나 지껄여대고 있다는 걸 알았다. 특히 '친구'라는 단어를.

그 여자는 계속 훌쩍거렸다. 오스트레일리아에서 평화롭게 풀을 뜯어먹는 모든 양을 생각하면서.

"선생님은 정말 굉장한 분인 것 같아요." 그녀가 나에게 말했다.

"브릿, 그만 좀 징징대. 잠시만이라도 말야." 등판에 예수를 업고 있는 젊은이가 말했다.

"연기 때문에 그래. 연기가 너무 지독해서 눈이 따갑잖아." 여자가 말했다.

"난 선생님 얼굴이 정말 마음에 들어요. 정말이에요. 이 세상은 정말로 멋지고 숭배할 만한 사람들로 가득 차 있어요. 우리가 그런 사람들을 보지 못할 뿐이죠. 난 인도에 너무너무 가고 싶어요. 빨리 그곳에 가지 않으면 죽을 것 같아요."

짙은 녹색 롤스로이스가 문 앞에 멈춰 섰다. 그리고 제복 차림에 네이비블루 캡을 쓴 흑인 운전사가 가게로 들어오더니 금전출납기가 놓여 있는 계산대 위로 몸을 굽히고는 담뱃갑을 움켜잡았다.

"어떻게 지내?" 주인이 물었다.

"잘 지내." 운전사가 말했다. 아니, 정확하게 말하면 으르렁대며 짖어댔다고 해야 할 것이다. 하지만 당사자가 흑인일 때는 그런 어휘를 사용해서는 안 된다. 나는 흑인들에게 언제나 극도로 조심한다. 특히 어휘를 선택할 때는 더 조심해야 한다.

"나 잘렸어." 아프리카계 미국인 운전사가 분명하게 말했다.

"농담하는 거야? 누가 널 잘라?"

"새미 그 개자식이 삼십 분 전에 날 해고했어." 흑인이 말했다. "깜둥이 새끼 중에 자기 분수도 모르고 우쭐대며 거드름이나 피우는 그런 자식들 있잖아. 그 새끼도 그런 놈 중 하나야."

"무슨 일이 있었는데?"

"아무 일도 없었어. 그 빌어먹을 똥덩어리 같은 깜둥이 자식이 오더니, 느닷없이 자기는 절대로 흑인 운전사를 쓸 수 없다는 거야. 그러면 자기나 나나 둘 다 체면이 깎인다나? 흑인 운전사가 운전하는 롤스로이스 실버 클라우드를 타고 베벌리힐스를 누비고 다니는 흑인들은 누구나 자신과 피부색이 같은 형제를 노예로 부리고 있다는 죄책감을 느낀다고 말야. 흑인 운전사가 모자를 벗어들고 흑인 고용주가 차에서 내릴 때 차 문을 열어주면서 네, 주인님, 아뇨, 주인님, 하는 꼴을 볼 때마다 흰둥이들이 배꼽을 잡고 웃어댄다는군. 그건 윤리적으로 도저히 용납할 수 없는 상황이라는 거야. 그래서 내가 말했지. 그럼 앞으로 자네를 주인님이라고 부르지 않으면 되겠네. 그냥 새미라고 이름을 부르지 뭐. 그리고 난 제복도 필요 없어, 편안한 양복이면 충분해. 하지만 그는 그것도 마음에 들지 않는다고, 전혀 마음에 들지 않는다고 말하더군. 자기는 그러려고 거금을 들여 실버 클라우드를 구입한 게 아니라나? 무슨 말인지 알아듣겠어? 그러니까 그 깜둥이 새끼가 원하는 게 정확히 뭐냐면 말이지, 머리끝부터 발끝까지 백 퍼센트 운전사인 그런 인간을 원한다 이 말이지. 그에게 롤스로이스 문을 열어주고, 손에 모자를 벗어든 채로 예, 주인님, 아주 좋습니다, 주인님, 하고 말해주는 그런 운전사 말이야. 더러운 개자식. 그 새끼 엄마가 뭐 하던 여잔지 알아? 삼 달러짜리 창녀였다고. 이스트 130번가에서 삼 달러에 몸을 팔던 창녀."

"그러는 네 엄마는 얼마짜리였는데?" 프레디가 물었다. "여기 있는 사람 중에서 자기 엄마가 창녀가 아니었던 사람 있으면 손들어봐."

내가 손을 들었다.

"더러운 반동분자 새끼." 프레디가 나를 쳐다보며 말했다.

"레이건을 뽑아준 족속."

운전사는 콜라를 마셨다.

"그래서, 이제 어떡할 거야?"

"그 자식이 운전사를 구하는 백인 친구들에게 나를 소개해주 겠다고 하더군." 그 아프리카계 미국인이 말했다. "하지만 실버 클라우드 운전대를 오 년이나 잡았던 내가 이제 와서 빌어먹을 캐딜락을 몰다니, 말이나 되는 소리야? 그 개자식, 입만 열었다 하면 체면이니 위신이니 어쩌고저쩌고하더니만, 결국 나를 사천 달러짜리 롤스로이스에서 개똥 같은 캐딜락으로 내몰려고 내 엉 덩이를 걷어찼어. 그 자식이 그런 생각을 하고 있었다니, 정말 웃기지도 않아. 로이 카란가에게 꼬박꼬박 상납이나 하는 주제 에. 하지만 나도 블랙 팬더스*에 친한 친구들이 몇 명 있다고. 게 다가 흰둥이들이 뭘 알겠어? 그 자식이 고용한 백인 운전사가 실버 클라우드를 제대로 몰 수 있을 것 같아? 그 흰둥이 녀석, 그 차 때문에 틀림없이 골치깨나 썩을 거야. 정말이라니까, 아니 면 내 손에 장을 지져도 좋아."

"이봐, 스티브. 로이 카란가 이야기는 함부로 떠들고 다니지 않는 게 좋아. 그의 비위를 건드렸다가는 그날로 죽은 목숨이니 까. 최근에 일어난 모든 암살 사건의 주모자가 바로 그 친구라는 거 몰라? CIA와 FBI가 그의 뒤를 봐주고 있어. 놈들은 흑인 지

---

* 1966년 미국의 급진적인 흑인 학생들이 결성한 흑인인권운동 단체.

도자들을 분열시키고 죽이기 위해 그 친구를 이용하고 있다고."
등에 예수를 업은 젊은이가 끼어들었다.

나는 픽버거 값을 지불하고 스낵바에서 나왔다. 그리고 몇 미터 걸어가서, 포레스트론 광고판이 붙은 벤치를 피해 매니셰비츠* 광고가 붙은 벤치를 골라 앉았다. 지금 모텔로 돌아가봐야 아무 소용이 없었다. 나는 그들에게 오후 네시 삼십분에 모텔에서 기다리겠다고 말해놓았다. 그런데 아직 두시밖에 되지 않았고, 따라서 나에게는 아직도 두 시간 삼십 분이 남아 있었다. 누군가를 기다릴 때 그건 지독하게 긴 시간이다. 게다가 나는 뭘 하면서 시간을 때워야 할지 알 수가 없었다. 그런데 '브릿'이라고 불리던 그 여자, 인생이 무엇인지 나에게 간단명료하게 보여주었던 그 여자가 밖으로 나오더니 내가 앉은 벤치로 와서 옆에 앉았다. 실크 셔츠와 넥타이, 하얀 상어가죽 재킷, 프랑스 정부가 수여하는 최고의 액세서리인 레지옹 도뇌르 훈장 수여자의 빨갛고 하얀 장미꽃 약장을 달고 있다는 이유 때문에 나에게 갑자기 반감을 드러냈던 젊은이는 인도에 우뚝 서서 적의에 가득 찬 시선으로 나를 노려보았다.

"선생님은 굉장한 분인 게 분명해요. 틀림없어요." 그녀가 나

---

* (원주) 단맛이 강한 러시아 민속주.

에게 말했다.

"저년은 꼭 지 애비 같은 늙은이만 골라서 집적댄다니까." 젊은이가 끼어들었다. "자기 딸을 덮치는 더러운 개자식 같은 놈들만."

"선생님의 시선에는 온화하면서도 슬픈 뭔가가 있어요." 그녀는 깊고 그윽한 눈으로 나의 텅 빈 눈을 들여다보며 말을 이었다.

"관둬." 젊은이가 소리쳤다. "그 작자는 다 늙은 노인네야. 네가 아무리 그래봤자 그 노인네 물건은 절대로 안 설 거라고.""그건 당신 아내를 불쾌하게 하려고 한 말이오, 아니면 나를 불쾌하게 하려고 한 말이오?" 내가 물었다.

"어쭈, 한번 해보겠다 이거야? 원한다면 언제라도 상대해주지!" 그가 으르렁거리며 쏘아붙였다.

나는 벤치에서 일어나 '퍽버거'로 다시 들어갔다. 이제까지 내가 별명을 붙여준 장소 중에서 '퍽버거'야말로 가장 멋들어지게 들어맞는 별명이었다.

나는 기분이 상해 있는 운전사를 다시 만났다.

"드골은 왜 우리 등에 비수를 꽂은 거요?" 그가 물었다.

나는 그의 옅은 검은색 얼굴을 노려보았다. '개자식.' 나는 속으로 중얼거렸다.

전반적으로 상황이 험악해지기 시작했다. 하지만 그 여자가 다시 가게로 들어왔다. 나는 방황하는 개들의 마음을 끄는 특별한 매력을 아직도 지니고 있었다. 그녀는 등받이도 팔걸이도 없는 의자에 걸터앉아, 존경심이 가득한 순종적인 표정으로 나를 뚫어지게 쳐다보았다. 그 시선 때문에 내가 마치 성자라도 된 것 같은 기분이 들었다. 그래서 나는 속으로 슬그머니 웃으면서 그녀의 머리 위에 성호를 그었다. 그녀가 미소를 지었다. 정말 아름다운 미소였다. 더럽고 지저분한 바닥에 떨어진 그 미소를 몸을 굽혀 줍고 싶을 정도로.

"아, 정말 고마워요." 그 미소가 말했다. "선생님은 교수세요?"

나는 살면서 아주 많은 직업을 전전했다. 프랑스 총영사, 암살자, 별볼일 없는 시나리오 작가. 또 게릴라 전술에 관한 책을 써서 필명으로 출간하기도 했다. 체 게바라의 유품 속에도 그 책이 들어 있었다. 스페인 내전에 참전한 국제여단의 지원병들 중 그 책을 읽지 않은 이는 거의 없었다. 그리고 1941년에는 아프리카 오지의 프랑스 외인부대 캠프에서 정예요원들에게 백병전을 가르치기도 했다.

"그렇소." 나는 대답했다. "교수입니다. 그런데 그걸 어떻게 알았죠?"

그녀는 뛸 듯이 기뻐하며 말했다.

"선생님한테서는 고상하고 지적인 분위기가 느껴지거든요."

픽버거. 그건 일정량 이상은 먹을 수가 없다. 그래서 나는 픽버거에 더이상 손을 대지 않고 시간을 흘려보내고 있었다. 이제 세시 십 분 전이었다.

"나이가 어떻게 되세요, 무슈?" 여자가 물었다.

그녀가 웃었다.

"무슈, 내가 아는 프랑스 말은 그것뿐이에요."

프랑스를 해방시키려다가 프랑스에서 죽은 남자를 아버지로 둔 여자아이로서 그건 당연한 건지도 몰랐다. 그래도 스무 단어 정도는 더 배울 수 있었을 텐데, 라고 나는 생각했다.

"쉰셋."

"어머, 정말요? 그렇게 나이가 많을 거라고는 생각도 못 했어요."

나는 두 번이나 얼굴을 뜯어고쳤다. 그래서 예전처럼 다양한 얼굴 표정을 짓기 힘들 거라고 의사는 말했다. 육 개월 전에 두번째 수술을 받고 나서 내 얼굴은 완전히 달라졌다. 하지만 눈만큼은 크게 달라지지 않았다는 것을 말해두어야 한다. 눈빛은 내면에서 뿜어져 나오는 것이니까.

여자의 남편이 돌아왔다. 그는 활기를 되찾은 모습이었고, 심지어 희망에 부푼 것처럼 보이기까지 했다. 물론 속에서 끓어오르는 뜨거운 열기 때문에 얼굴이 온통 하얗게 질리고 팽팽하게 긴장된 것으로 미루어 보아, 정확히 어떤 약인지는 알 수 없지만 각성제 같은 것을 복용한 게 분명했다. 하지만 한편으로는, 내가 너무 비약해서 생각한 건지 모르겠지만, 그의 얼굴이 그렇게 달라진 건 꼭 약 때문만은 아닐 거라는 생각도 들었다. 그는 나에게 본능적인 증오심을 품고 있었다. 그러나 그 증오심은 나 개인에 대한 것이 아니라, 한 세대가 다른 세대에게 품고 있는 그런 종류의 증오심이었다. 매스미디어의 발달과 더불어 동서 간의 정보가 즉각 전달되고 도처에서 진실이 쏟아지는 현실을 고려할 때, 1970년에 스무 살인 젊은이에게 그 증오심은 지극히 본능적인 반응이었다. 나는 구세대를 대표하는 훌륭한 표본이었다. 나는 어떤 오십대 남자를 살해하러 가는 요즘음 젊은이에게는 어떤 명분이든 지독하게 멋진 명분이 있을 거라고 진심으로 믿고 있다.

"정말로 사랑했던 여자가 몇 명이나 있었어요?" 여자가 나에게 물었다.

"단 한 명."

"그 여자분이 대단한 미인이었나보죠?"

"대단했죠."

일로나에게서 정말로 감동적이었던 건 그녀의 잿빛 눈동자였다. 앙고라 털처럼 부드럽고 포근한 잿빛.

내가 그녀를 처음 만난 건, 1939년 마드리드가 함락된 후 니스로 돌아갔을 때였다. 삼십 년이라는 세월이 흐른 후 자기가 사랑했던 여자에 대해 말할 때, 그 여자가 아주 아름답고 지적이고 완벽했다고 말하는 건 지극히 당연하다. 그리고 그런 과장은 과거를 망각한 데서 비롯된 것일 뿐 다른 의미는 전혀 없는 경우가 대부분이다.

하지만 내 경우는 결코 그렇지 않다고 생각한다.

그녀와 나의 관계는 일 년 동안 지속되었다. 그리고 지금 돌이켜 생각하면, 적어도 그 관계는 마치 아우슈비츠가 결코 존재한 적이 없었던 것 같은, 스탈린이 인민 이천만 명을 결코 학살하지 않았던 것 같은, 공산주의가 추잡한 모습을 보이며 실패로 끝나지 않았던 것 같은 그런 관계였다고 말할 수 있다. 바로 이게 일로나와 나의 관계에 가장 근접한 묘사일 것이다. 그녀와의 관계는 일 년간 지속되었다. 나는 공군에 다시 입대했다. 하지만 그녀는 매일 밤 나와 함께, 내가 있는 곳에 있었다. 그런데 그 몇 달 동안 이상한 그림자가 그녀에게 드리워져 있었다. "가벼운 심장병이야." 그녀는 나에게 말했다. 그리고 몇 주 동안 치료를 받기 위해 스위스의 한 병원으로 떠났다. 물론 내가 다른 여자를 그녀만큼 사랑한 적이 없다는 사실에 무슨 대단한 의미가 있는 건 아니다. 어쩌면 그 이후로 내가 더이상 누군가를 사랑할 수 없게 된 것일 뿐인지도.

1940년 5월 10일, 독일군 전차가 프랑스로 밀려들기 시작할 때 그녀는 스위스에 있었기 때문에 나는 그녀를 다시 만날 수 없었다. 적십자, 중립국에 있는 친구들, 대사관 등을 통해 내가 할 수 있는 노력을 다했지만 허사였다. 나는 그녀를 다시는 볼 수 없었고, 그녀와의 관계는 끝났다. 완전히 끝났다. 영원히. 그 관계는 완벽하게 끝나버렸고, 나는 1945년에 다른 여자와 결혼했다. 그녀를 찾기 위해 내가 할 수 있는 방도가 더이상 아무것도 없다는 것을 깨닫고는 결혼한 것이다.

그리고……

"여기서 누굴 만나기로 했습니까?" 아프리카계 미국인이 계산대 너머에서 나에게 물었다.

"그렇소." 나는 대답했다.

하지만 숨이 막힐 정도로 매캐한 연기와 기름 냄새와 케첩 냄새로 가득 차 있는 데다 후텁지근하기까지 한 그곳은 어떤 유령을 맞이하기에 적당한 장소가 전혀 아니었다.

"저는 선생님에 대해 더 많은 걸 알고 싶어요." 주근깨 여자가 말했다.

"고맙군요."

"무슈, 당신이 입은 그 재킷 정말 근사한데?" 전직 운전사가 나에게 말했다. "그거 프랑스제요?"

"스페인제요." 내가 대답했다.

내가 일로나에게서 첫번째 편지를 받은 건 1953년이었다. 겨우 몇 줄뿐인 아주 짧막한 편지였다. 내가 쓴 어떤 책을 읽었는데, 그 책에서 자기 이야기가 나온 걸 봤다는 내용이었다. 열일곱 살 이후로 그녀는 벨기에의 한 수도원에서 살고 있었다. 겉봉에 주소가 쓰여 있었다. 나는 전보를 보냈지만 답장은 오지 않았다.

몇 주 후, 나는 그녀에게서 또다시 편지를 받았다. 첫번째 편지와 똑같은 내용의 짧은 편지였다. 토씨 하나 틀리지 않은. 그녀는 내가 첫번째 편지를 받지 못했다고 생각한 것일까? 그 때 나는 남아메리카에 체류하면서 우리 시대의 가장 악명 높은 살인마 중 한 명을 살해하기 위한 작전에 참여하고 있었다. 두번째 편지를 받고 나서 나는 다시 한번 그녀에게 전보를 보냈다.

세번째 편지가 삼 주 후에 도착했다. 역시 똑같은 내용이었다. 그녀는 여전히 내가 편지를 받지 못했다고 생각했던 것일까? 나는 대서양 반대편으로 전화를 걸어, 안트베르펜* 초대 총영사인

---

* 벨기에 북부의 주.

리알랑과 접촉했다. 나는 그에게 간략하게 자초지종을 들려준 다음, 그 수도원을 찾아가서 어떻게 된 건지 사정을 알아봐달라고 부탁했다.

그는 내 부탁을 들어주었고, 찾아가서 알게 된 내용을 상세하게 전해주었다. 그 '수도원'은 사실 정신병원이었다. 일로나는 벌써 이십 년째 치료가 불가능한 정신분열증을 앓고 있었다. 그녀는 외부 세계와 접촉해서는 안 되었다. 그래서 의사들이 중간에서 내가 보낸 편지와 전보를 모두 가로챘다. 그녀는 하루에 약 십오 분 정도만 제정신으로 돌아왔고, 나머지 시간에는 캄캄한 어둠 속을 헤맸다.

그다음 해부터 1958년까지, 나는 일로나에게서 똑같은 내용의 편지를 수없이 받았다. 마치 끝없이 반복되는 잔인한 중국식 형벌처럼. 언제나 똑같은 단어들. 그리고 자신이 이미 수없이 편지를 써 보냈다는 사실을 완전히 망각한 채 똑같은 내용을 되풀이한 편지들. 그녀에게는 그 편지 하나하나가 내게 처음 보내는 편지였던 게 분명했다.

"퍽버거 하나 더 주시오." 내가 말했다.

나는 마지막으로 받은 편지를 주머니에서 꺼내 찢었다.

주근깨로 뒤덮인 작은 얼굴이 쇠고기 기름때가 덕지덕지 앉은 그 지옥 밑바닥으로부터 나에게 미소를 보냈다.

"연애편지?" 그녀가 물었다.

"그래요."

일로나의 마지막 편지를 받기 몇 달 전에, 나는 텔아비브에서 일로나의 여동생 리크 부인으로부터 편지 한 통을 받았다. 나는 그때까지 일로나에게 여동생이 있다는 사실조차 몰랐다. 나는 일로나에게 더 많은 것을 묻고 더 많은 관심을 표했어야 했다. 하지만 그 당시 나는 젊었고, 사랑만 있으면 된다고 생각했다.

리크 부인은 내가 이미 알고 있던 사실을 나에게 재확인시켜 주었다. 하지만 그녀는 편지에서 이런 기분 좋은 이야기도 알려 주었다. 일로나는 하루에 십 분, 때로는 이십 분 정도 제정신으로 돌아왔다고 한다. 그래서 그 시간 동안만큼은 그 잿빛 눈, 소녀에서 중년 여인으로 변해버리긴 했지만 여전히 아름다운 그 눈에 행복한 미소를 담고서 그녀의 로맹에 대해 이야기하곤 했다고 한다. 그가 어떻게 지내는지, 어디에 있는지, 행복한지…… 그는 젊었을 때 작가와 외교관이 되고 싶어했는데. 원하던 대로 되었을까?

지글지글 기름 끓는 소리를 내며 퍽버거가 익어가고 있었다.

2

나는 세심한 주의를 기울여 모텔을 골라놓았다. 그 모텔은 라시에네가 대로에 있었다. 서로 다른 세 방향에서 자동차를 타고 손쉽게 달려와 머물다 갈 수 있는 쇼트타임 모텔 같은 곳이었다. 내 방은 건물의 맨 끝, 오래전에 마지막 한 방울의 석유까지 뽑아낸 후 이제는 반쯤 허물어진 채로 버려진 유정탑 뒤편에 있었다. 나무로 만든 유정탑은 독일 집단수용소 주위에 세워놓은 망루와 비슷해 보였다. 아니, 어쩌면 그런 것과는 전혀 닮지 않았는지도 모른다. 어쩌면 역사에 대해 지나치게 아카데믹한 나의 취향 때문에 그런 생각이 들었던 것인지도.

나는 주차를 하고 차에서 내린 후 주변을 둘러보았다. 단지 나자신에게 용기를 불어넣기 위해 죽기 전에 마지막으로 세상을 바라보는 눈길. 높은 언덕들은 아주 아름다웠다. 그러고 나서 방으로 들어갔다. 나는 일이 제시간에 정확히 진행될 수 있도록 손목시계를 십 분 빠르게 맞춰놓았다. 그렇지만 너무 빨리 도착하는 바람에 아직도 십오 분이 남았다. 나는 소지품이 질서정연하게 놓여 있는지 몇 번이나 확인했다. 모든 건 완벽했다. 서류 속에서 나의 신원을 추적해낼 수 있을 만한 흔적은 조금도 남아 있지 않았다. 나의 이력을 추론할 수 있는 여지도 전혀 없었고, 내가 죽은 후 내 계획이 실패로 돌아갈 만한 것도 전혀 없었다. 몇 몇 기록이 아직 남아 있긴 했지만, 그건 대수롭지 않은 것들이었다. 노르망디에 있던 나의 옛집 주위에서 들려오던 파도 소리와 바람 소리, 갈매기 소리, 나무들의 속삭임. 나는 잠시 눈을 감고 입가에 미소를 띤 채 나무들의 소리에 귀를 기울였다. 꼭 집에 돌아온 것 같았다. 하지만 나는 빚을 청산하기 위해 작년에 그 집을 팔아야만 했다. 그 집은 현재 파리에 살고 있는 어떤 가구 회사 사장의 별장으로 쓰이고 있다.

나는 침대에 누워 전화번호부를 집어들고 되는대로 아무 페이지나 펼쳐 사람들의 이름을 읽었다. 그런 유의 문헌에서는 언제나 신기하게도 계시적인 이름을 발견하게 된다. 이번에 우연히 눈에 띈 이름은 M. 페르티히(Fertig)였다. 그건 독일어로 '준비가 된'이라는 뜻이다. 준비된. 지금 내가 정확히 그런 상태였다.

로스앤젤레스에서 유능한 살인청부업자를 구하는 건 그리 쉬운 일이 아니다. 보증인이 되어주겠다고 나서는 사람들이 있다면 모를까. 나 혼자서 무라도프 같은 전문가를 구하려 한다면 아마 평생이 걸릴지도 몰랐다. 그런데 나에게는 시간 여유가 삼 주밖에 없었고, 벌써부터 공포가 몰려오는 것을 온몸으로 느꼈다. 나는 굶어 죽어가는 이백 명의 아이들이 비난하는 듯한 눈초리로 나를 빤히 쳐다보는 것 같은 느낌에 사로잡혀 잠도 제대로 잘 수 없었다. 게다가 적십자 통계를 통해 그곳에서는 삼 분에 한 명씩 아이들이 죽어간다는 사실도 알고 있었기 때문에, 나 자신이 형편없고 무능한 아마추어에 불과하다는 느낌이 들기 시작했다. 어른이 된 이후 삶의 대부분을 살인 전문가들과 함께 살아온 남자에게, 이건 기이하기 짝이 없는 상황이었다.

하지만 한편으로 나는 요 몇 년간 가명으로 시집을 출간하고 별볼일 없는 시나리오를 쓰는 데 전념하면서 그런 유의 일과는 완전히 관계를 끊고 살았고, 다른 한편으로 내가 친분을 맺고 있던 살인 전문가들은 하나같이 이상주의적인 대의명분 아래 움직이는 인물들이었기 때문에 나 개인을 위해 그 친분을 이용할 수는 없었다는 점을 분명히 밝혀둘 필요가 있다. 브라질 정부가 발표한 공식적인 숫자만으로도 이천 명이 넘는 아마존 인디언을 대량 학살한 브라질군 장성 세 명을 처단하는 임무를 끝으로 우리 조직을 떠났던 브로니에크 슈어 같은 인물을 찾아 나설 수는 없는 일이었다. 사실 내가 알던 사람 가운데 개인적인 이유로 살인을 한 사람은 아무도 없었다. 그러므로 나는 우리 세대가 어쩌면 그 문제에 관해 지나친 환상을 품어왔으며, 인간 존재가 낭만적이고 시적인 개념이며 현실에 맞서는 것을 견디지 못하는 예술적인 창조물일 수 있다는 사실을 인정해야 할 것이다. 그렇기 때문에 나에 대해 거의 아무것도 모르고 내가 누군지에 대해 전혀 관심 갖지 않는 암살자를 구하는 게 무엇보다 중요했다. 살인 전문가들은 '유명한' 사람들과 연관된 일은 노골적으로 기피하는 경향이 있는데, 그건 잘 알려진 유명 인사를 암살할 경우 언제나 더 철저한 조사가 실시되고 신문에서도 훨씬 더 많이 떠들어대기 때문이다.

로스앤젤레스에서 내가 완전히 신뢰할 수 있었던 유일한 인물은 어떤 여자였다. 나는 전쟁 중에 하르툼*에서 그녀를 만났다. 그 당시 내가 소속되어 있던 블렌하임 전투비행중대는 고든스 트리 비행장에 주둔하고 있었다. 우리에게 맡겨진 임무는 에티오피아의 이탈리아 군사시설을 폭격하는 것이었다. 그녀는 헝가리 무용단 소속이었는데, 전쟁 때문에 하르툼에 발이 묶여 로열 호텔 옥상에 있는 나이트클럽에서 호스티스로 일하고 있었다. 하지만 우리는 만나기도 어려웠을 뿐만 아니라 만나서도 함께 있을 시간이 별로 없었다. 하루에도 다른 장교 두세 명과 함께 그녀의 은총을 공유해야 했기 때문이다. 물론 그녀와 나의 관계는 정말로 순수했던 데 반해 다른 장교들은 돈을 주고 그녀를 사러 온 손님이라는 차이가 있긴 했지만.

그후 1961년에 시나리오를 쓰기 위해 로스앤젤레스에 갔다가

---

* 수단의 수도.

그녀를 다시 만났다. 그사이에 그녀는 거대한 몸집의 뚱보 아줌마로 변했다. 얼굴에는 끔찍할 정도로 분을 덕지덕지 바르고, 하늘거리는 오렌지색 모슬린 야회복에, 자개를 박은 자그마한 일본 부채를 손에서 놓지 않는 뚱보 여인. 사람이 살다보면 별 희한한 일을 하게 되기도 한다. 하지만 마틸다가 퍼시픽 팰리세이즈*에서 '영원한 열락'이라는 사이비 종교의 교주가 되어 있으리라고는 꿈에도 생각해본 적이 없었다. 그 종교가 신비주의를 내세운 일종의 매음굴과 전혀 다를 바 없는 것이긴 했지만.

그녀는 어떤 철학적 명분을 가지고 관음증 환자들의 욕망을 충족시켜주고 있었다. 늙은 사람이나 무능한 사람도 행복을 추구할 권리가 있고, 젊고 아름다운 청춘남녀는 섹스를 자기들끼리만 공유해서는 안 되며, 고독하고 못생기고 불행한 사람들에게 선물로 나누어주어야 한다는 게 바로 그 종교의 철학적 명분이었다. 그처럼 소외되고 혜택받지 못한 사람들의 내밀한 심리적 욕망을 배려하고 충족시켜주겠다고 나선 사람이 그녀뿐이었던 것은 아니다. 하지만 그녀는 아주 교활하거나, 아니면 아주 진지했던 듯하다. 그녀는 바빌론과 고대 그리스에서 이념적 토대를 끌어와, 자신의 개인적인 욕심을 신비주의라는 포괄적인

---

* 로스앤젤레스에 있는 구역 이름.

아우라로 교묘히 포장하기 위해, 그리고 관음증 환자가 삶을 예찬하는 비밀스러운 조직의 일원이라는 소속감을 느낄 수 있도록 하기 위해, 베스타 여신을 섬기는 처녀니 기쁨의 샘이니 미의 분수니 연민이니 하는 온갖 방법을 동원해 자신의 사이비 종교를 그럴듯하게 윤색했다. 어쩌면 그녀가 옳은지도 몰랐다. 어쩌면 그녀는 나름대로 진지했는지도 몰랐다. 하지만 나는 그 점에 대해서는 아무것도 모른다. 그리고 그런 건 아무래도 상관없다. 섹스는 세상에서 가장 순결한 행위이다. 그 행위가 단지 그 외에 달리 아무것도 아니고, 마술을 일종의 셀프서비스로 변형시키는 것에 불과하다 하더라도.

나는 성형수술을 받기 몇 달 전에 '지존' — 1968년에 퍼시픽 팰리세이즈에서 그녀를 추앙하며 따르던 무리들은 그녀를 '지존'이라고 불렀다 — 을 찾아갔다. 그러므로 어느 날 초라한 모텔에서 시체로 발견될 낯선 사람, 그리고 의심의 여지없이 신문에 사진이 게재될 그 낯선 사람은 그녀가 아주 잘 알고 있던 과거의 그 사람과 전혀 닮지 않았기 때문에, 그녀는 그 두 사람을 연관지어 생각하지 못할 것이다. 하지만 어쨌든 나는 그녀를 전적으로 신뢰했다. 그녀의 집은 말벌과 장미로 가득 찬 경이로운 정원 끝에 있었다. 그녀는 나에게 민트차를 대접했다. 그리고 향내로 가득 찬 공기 때문에 내가 숨이 막혀 코를 킁킁거리자 창을 열어주었다. 그 '축복 받은 손님들'은 각자 자신들의 방에 틀어박혀 있었다. 그 방 안에는 내부 회로로 연결된 텔레비전이 있어 화면을 통해 '장엄한 광경'을 지켜볼 수 있었다. 거실에도 텔레비전 하나가 있었다. 그리고 그녀와 내가 차를 마시며 좋았던 옛 시절에 대해 이야기를 나누는 동안, 아주 매력적인 젊은 남녀가 자신들의 행복과 쾌락을 보이지 않는 대중과 너그럽게 공유하고 있었다. 그리고 그들은 정말로 너무나 아름다운 커플이었다.

"저들은 돈을 받고 저러는 게 아니야." '지존'은 내 머릿속에서 무례하거나 음탕한 생각이 일고 있는 것을 간파했다는 듯, 그리고 아주 희미한 비난의 눈빛조차 꿰뚫어볼 수 있다는 듯 단호한 어조로 말했다. "저 사람들은 우리 교단의 신도야. 지금 저들은 자신의 행복과 아름다움을 봉헌하는 거라고."

나는 차를 한 모금 마셨다. 찻잔 안에는 재스민 꽃잎 몇 개가 떠 있었다.

"이게 LSD나 헤로인보다 훨씬 좋은데." 나는 예의상 말했다.

"우리 교단에는 일주일에 서른 장이 넘는 입회 신청서가 들어와. 하지만 입회 신청서를 낸다고 아무나 받아주지는 않아. 우리는 엄격한 기준에 따라 신청서를 아주 신중하고 꼼꼼하게 검토하지. 이 세상에는 미치광이가 아주 많으니까. 우리는 교단을 위해 뭔가 봉사할 수 있다고 판단되는 사람들, 성실하고 진지한 사람들, 능력을 갖춘 사람들만 받아들여."

그녀는 헝가리어 억양을 아직도 버리지 못했다. 그녀는 고개를 가볍게 저으면서 계속 의심의 눈초리로 나를 빤히 쳐다보았다. 다갈색 머리 때문에 그녀는 툴루즈 로트렉이 그린 포스터의 복제품처럼 보였다.

"내 말을 믿지 않는 게 분명하군." 그녀는 약간 화가 난 듯한 목소리로 말했다.

"당신들과 비슷한 종교나 교단은 이미 충분히 있다고 생각할 따름이야." 내가 말했다.

"아니, 우리 교단은 달라. 우리 교단은 아름다워. 우리 교단의 교리는 진정한 사랑이니까."

나는 아무 말 없이 들고 있던 잔을 내려놓았다. 그리고 화면을 힐끔 쳐다보았다. 젊은 커플은 완전히 황홀경에 빠져 있었다. 그건 총천연색 텔레비전 수상기였다.

"흑백 텔레비전이었으면 더 좋았을 텐데." 내가 말했다.

"흑백, 그건 뭐든지 포르노로 만들어버려." 그녀가 반박했다.

나는 아무 대꾸도 하지 않고 그 자리에 그대로 앉아, 남녀의 성애를 노골적으로 묘사한 네팔 사원의 조각상들을 떠올렸다. 사실 뭐가 문제란 말인가? 나는 완전히 구닥다리가 되어버린 것 같아. 나는 현실과 동떨어져 있어. 프랑스어로 말하자면 데코넥

테*되었다고 해야겠지. 이곳은 어쩌면 이상주의자를 위해 만들어진 장소인지도 모른다. 그들은 이곳에서 자신의 주체할 수 없는 욕망으로부터 해방될 수 있을 것이다.

"당신은 청교도처럼 구는군." 그녀가 말했다. "그런데 기억해? 삼십 년 전에……"

"난 뭐든 다 기억하고 있어. 내 기억력은 완벽하니까. 정말 끔찍한 일이지."

"내가 당신한테 돈을 줬을 때 당신은 거절하지 않았어. 내가 어떻게 번 돈인지 분명히 알고 있었으면서도 말이야. 그런 돈을 받는 작자를 기둥서방이라고 부르지."

"전쟁 때였으니까." 내가 받아쳤다.

우리는 함께 웃었다. 그러고 나서 나는 그녀를 찾아온 이유를 말했다. 그녀는 연신 부채질을 해대면서 내가 하는 말을 조용히 귀담아 들었다. 늙고 뚱뚱한 여자가 부채질하는 모습에는 언제나 서글픈 뭔가가 있다. 혈액순환 장애.

"제발 아무것도 묻지 말아줘." 내가 말했다. "옛정을 생각해서."

"정말 놀랄 일이군." 그녀가 말했다. "솔직히 좀 실망스러워. 그 친구를 왜 당신이 직접 처리하지 않는 거지? 옛날의 당신이

---

* '연결이 끊긴'이라는 뜻.

라면 주저하지 않고 직접 해치웠을 거야."

나는 창피한 표정을 지으려 애썼다.

"음, 그 친구는 내가 그에게서 벗어나고 싶어한다는 걸 알고 있거든." 그건, 그건 진실이었다.

"내가 그와 그의 조직에 넌더리가 났다는 걸 그는 알고 있다고."

그녀는 무슨 뜻인지 알겠다는 표정으로 고개를 끄덕였다.

"사업상의 동지야?"

"어떤 의미로는 그렇다고 할 수 있지."

나는 내가 진실에서 크게 벗어나지 않는 선에서 말하고 있다는 사실에 깜짝 놀랐다. 늙어버린 옛날 여자친구에게 굳이 거짓말을 하지 않아도 된다는 건 꽤 기분 좋은 일이었다.

"그런데 뭣 때문에 내가 그런 일을 할 만한 사람을 알고 있을 거라고 생각한 거지?" 그녀가 나에게 물었다.

"당신은 세상 돌아가는 일에 훤한 데다 발도 아주 넓을 것 같아서. 난 이곳에 당신 친구들이 아주 많았다는 걸 알아. 미키 코헨은 잘 있어?"

"죽었어." 그녀가 말했다. "그 작자들이 함정을 파서 그를 감옥에 처넣었지. 그러고 나서 다른 재소자들을 시켜 죽여버렸어."

"그럼 캔디 바는 어떻게 됐어?"

1950년대 말경, 캔디 바는 아주 유명한 스트립걸이자 포르노

영화계를 주름잡던 최고의 스타였다.

"텍사스 교도소에 있어. 그녀의 차에서 마약이 발견됐거든. 하긴, 틀린 말은 아니지. 바로 그들이 그녀의 차 안에다 마약을 숨겨놓았으니까."

그녀는 중국제 담배 상자에서 담배 한 개비를 꺼냈다. 나는 그녀에게 불을 붙여주었다. 그녀의 머리가 약간 떨렸다. 그녀의 머리칼은 뚱뚱하고 음울한 모습과 더불어, 사후 존재의 이미지를 연상시켰다. 염색약 때문에 뻣뻣해진 그녀의 머리는 마치 무덤에 갖다놓는 조화처럼 보였다. 그녀는 인간 본질에 대한 깊은 인식에서 비롯된 날카롭고 냉혹하고 음울한 시선을 가지고 있었다. 요컨대 그녀는 일반적으로 호감 가는 여자라고 말하기 힘든 부류였다.

"내키지 않아." 그녀가 말했다. "당신은 내가 만났던 남자 중에 그래도 사내답다고 여긴 몇 안 되는 남자 중 하나였어. 그런데 이게 뭐야? 갑자기 찾아와 날더러 도와달라는 소리나 하고. 도대체 어떻게 된 거야? 갑자기 고자라도 된 거야?"

"아무것도 묻지 말아줘, 마틸다. 현역에서 물러난 당신을 이 일에 말려들게 하고 싶지는 않으니까. 아무 말 말고 쓸 만한 친구나 한 명 소개해줘."

그녀는 잠시 동안 꼼짝도 하지 않고 생각에 잠겼다. 곳곳에 빨간색이 들어간 그녀의 옷은 지나치게 화려했다. 여자의 인생에서는 옷이 화려하면 할수록 놀림거리가 되는 순간이 온다.

"무라도프를 보내주지."

그 이튿날, 나는 페어팩스의 한 카페에서 무라도프를 만났다. 그의 진짜 이름이 뭔지는 모른다. 하지만 나는 유고슬라비아 사람들이 서쪽 연안에서 '자리를 잡아가고' 있는 중이라는 정도는 알고 있었다. 정확하게 말하자면 그들은 피갈 같은 곳에서 코르시카 사람이나 알제리 사람을 몰아내고 노른자위를 야금야금 먹어들어가고 있었다.

무라도프는 사십 줄에 접어든 깡마르고 날렵해 보이는 사내였다. 그의 이목구비는 무미건조하고 냉담한 표정을 더욱 두드러지게 만들어주었다. 하지만 더 인상적이었던 건, 그가 호기심이라고는 눈곱만큼도 없는 인물이라는 점이었다. 그는 마치 베벌리 월셔*에서 캡틴스 테이블**로 가자는 승객을 태우고 목적지까지 말없이 운전해가는 택시기사 같았다. 그는 어떤 술집 주소를 나에게 주면서 자기가 제거해야 할 사람의 사진을 보내라고 했다. 적당한 장소와 시간은 전화로 이십사 시간 전에 그에게 알려주기로 했다. 여느 때 같으면 나는 그 킬러와 함께 이런저런

---

* 로스앤젤레스에 있는 호텔.
** 알래스카에 있는 유명 레스토랑.

이야기를 나누면서 그 씁쓸한 상황을 즐겼을 것이다. 하지만 그 날은 일로나가 갇혀 있는 병원과 아이들에게 보낼 돈 때문에 전전긍긍하면서 밤을 꼬박 샌 후라 좀 피곤했고, 그래서 내 유머 감각은 실종된 상태였다. 우리는 마틸다의 중개로 합의된 금액을 주고받는 데 필요한 절차에 관해 타협을 했다. 그리고 모든 세부 사항을 조정하고 나서 우리의 거래를 악수로 조인했다. 나는 그에게 믿음이 갔다. 그는 자기가 하는 일이 어떤 것인지 정확하게 이해하고 있는 친구 같았다. 그리고 무엇보다도 자신의 명성에 신경을 썼다. 나는 그가 상대방의 눈을 똑바로 쳐다보는 게 아주 마음에 들었다. 그 시선은 그가 목표물을 향해 신중하고 정확하게 방아쇠를 당길 수 있다는 것을 말해주는 확실한 증거였다. 그는 벌써 회전문을 밀고 밖으로 나가려 했다. 그때 나는 갑자기, 최후의 자기보호 본능 비슷한 우스꽝스러운 뭔가를 느꼈다.

"마지막으로 한 가지 부탁하고 싶은 게 있는데. 일을 구질구질하게 처리하는 건 싫소. 당신이 해치워야 할 친구는 나와 아주 절친한 사람이오. 아주 소중한 친구지. 그래서 말인데, 그가 고통 없이 갈 수 있도록 해주시오. 나는 그가 고통스럽게 죽는 걸 원치 않아요."

무라도프가 벌컥 화를 내면서 나를 사납게 쏘아보았다. 진짜 유고슬라비아 사람이라는 걸 말해주는 불같은 성격이었다.

"나를 뭘로 보는 거요?" 그가 으르렁거렸다. "목덜미에 한 방, 그거면 그 친구는 자기한테 무슨 일이 일어났는지도 모르고 저세상으로 갈 거요. 이봐, 난 초짜가 아니오. 내 명성에 흠집을 남기는 짓은 절대로 하지 않아."

"아, 그건 나도 잘 알아요. 사과하겠소."

"좋소, 좋아, 무슨 말인지 잘 알겠소. 그자가 당신 친구라 이거지. 우리 유고슬라비아 사람들은 우정이 뭔지 알아요. 그는 아무것도 느끼지 않고 아주 편안하게 갈 거요."

네시 구 분 전이었다. 나는 문이 잠기지 않았다는 것을 다시 한번 확인했다. 차가 멈춰 서는 소리가 들렸다. 그리고 맹세컨대, 일이 초 동안 내 심장이 박동을 멈췄다는 걸 말해야 할 것이다. 무라도프 같은 전문가는 일 분도 지체하지 않을 거라는 것, 그가 정확히 네시에 이곳에 도착할 거라는 것을 나는 알고 있었다. 이제 나에게는 팔 분이라는 시간이 남아 있었다. 그런데 도대체 그 시간을 어떻게 죽여야 할지 알 수 없었다.

나는 오든의 시집을 집어들었다. 하지만 내가 그 시인에게 바쳤던 모든 찬사에도 불구하고, 죽기 직전까지 그의 작품을 읽는다는 건 아무래도 너무 지나친 오마주인 것 같다는 생각이 들었다. 침대맡 탁자에는 모텔에서 비치해놓은 성경이 놓여 있었다.

하지만 손에 성경책을 들고 죽는다는 것도 나에게는 전혀 어울리지 않을 것 같았다. 그랬다가는 파리에 있는 내 친구들에게 두고두고 웃음거리가 될 테니까. 나는 푸슈킨을 좋아해서 그의 책을 항상 갖고 다녔다. 그 책을 꺼내려고 트렁크를 열었다.

그런데 그 순간, 나 같은 인간이 죽기 바로 직전에 가장 어울리는 책은 전화번호부라는 생각이 불현듯 떠올랐다. 결국 나는 누군지도 잘 모르는 사람을 찾아내려 애쓰고 그 누군가에게 희망을 걸면서 평생을 살아오지 않았던가…… 그러므로 사람들이 전화번호부를 손에 든 채 죽어 있는 나를 발견하는 건 지극히 자연스러운 일이었다.

내가 전화번호부를 꺼내려고 침대맡 탁자의 서랍을 열 때, 등 뒤에서 문 열리는 소리가 들렸다.

나는 그 순간 내가 미소를 지으면서 눈을 감고 기다렸던 것을 기억한다. 그건 내 의지와는 달리 내가 약간은 당황해했다는 증거였다. 왜냐하면 무라도프가 방아쇠를 당기기 전에 내가 사진과 동일한 인물인지 얼굴을 확인해볼 거라는 사실을 깨닫기까지 몇 초가 걸렸기 때문이다. 나는 전화번호부, 사람들과 휴머니즘으로 가득 찬 그 책, 이 세상의 어떤 책도 아닌 바로 그 책, 한 휴머니스트의 마지막 숨결과 함께하기에 가장 적합한 바이블과도 같은 그 책을 손에 든 채로 방 안에 서 있던 내 모습을 기억한다.

나는 또한 일로나의 얼굴도 기억한다. 이십오 년 전 그녀가 내 앞에 나타났을 때의 모습 그대로 변함없는 그 얼굴.

그런데 정말 놀라운 것은, 내가 완전히 잊고 있었던 다른 두세 여자의 얼굴이 또렷하게 떠오르고 나서야 비로소 일로나의 얼굴이 떠올랐다는 것이다. 나는 그것을 일종의 깨달음, 어쩌면 내가 그녀를 진정으로 사랑했다는 징표일지도 모른다고 생각했다. 바로 그 순간, 무라도프가 방아쇠를 당기기 전에 내 얼굴을 확인해야 할 거라는 생각이 머릿속을 관통했다. 나는 몸을 일으켜 그를 향해 돌아섰다.

그는 무라도프가 아니었다.

'퍽버거 파라다이스'의 주근깨 아가씨였다.

인문지리

Géographie humaine

◆『라 마르세예즈』, 1943년 3월 7일, p. 5에 'A. Cary'(편집자가 'R. Gary'라는 자필 서명을 오독하여 잘못 옮긴 것 같다)라는 이름으로 게재된 글.

그들은 영국 중심부에 위치한 C의 캠프 구내식당에 모여 있었다. 물론 비가 내리고 있었다. 아프리카 전투—차드에서 가봉까지, 아비시니아에서 리비아 남부까지, 에리트레아에서 우방기까지, 하르툼에서 키레나이카까지—를 치르고 이 년 후, 이 비행사들은 영국 친구들이 말하듯이 'at home(고향 집으로)', 그게 아니라면 적어도 'next door to it(이웃집으로)' 이제 막 돌아왔다.

불이 거의 꺼져가는 난로 주위에 모인 그들은 추위에 떨고 있었다. 아프리카 지도 앞에서 그들은 부들부들 떨었다. 와, 정말 아이러니하지 않은가?

그들 중 한 명이 느닷없이 말했다.

"르클레르는 지금 튀니지에 있는 게 분명해."

그들은 거쳐온 항로를 곁눈질로 가늠했다……

"라미 요새." C가 지도 위에서 차드 호수를 나타내는 하트 모양의 푸른색 점 아래쪽에 검지를 갖다대면서 말했다. "자네들, 공군 사령부의 장교 식당 기억나나? 그 식당 벽에 사베나 항공사의 낡은 포스터가 붙어 있었잖아. 평화롭던 시절에 만들어진 그 포스터는 결국 우리 가슴을 잔인하게 찢어놨지. 젊은 여자와 어린아이가 구름 한 점 없는 파란 하늘로 사라지는 비행기를 신뢰 어린 눈빛으로 바라보고 있었어. 그리고 그 포스터에는 이런 글귀가 적혀 있었지. '그는 금방 돌아올 거야. 비행기로 여행하니까.' 우리는 그 포스터를 바라보던 동지들을 생각하지 않을 수 없었지. 그들은 어느 날 떠났어, 비행기를 타고…… 그리고 영영 돌아오지 않았지……"

"우니앙가 케비르는 당연히 지도에 나와 있지 않아." T가 말을 자르며 나섰다. "그런데 바로 그곳에서 우리는 쿠프라와 무르주크를 폭격하기 위해 출발했지……"

우니앙가, 그곳은 커다란 깃발이 세워진 작은 요새였다. 그곳에는 아주 작은 호수와 낙타와 낙타 똥과 낙타를 타고 다니는 사람들이 있었다. 밤이면 별들이 반짝였고 모기가 들끓었다. 바로 그곳에서 어느 날 아침 세 대의 블렌하임 폭격기가 북쪽으로 떠났다. 신문에서 떠들어댄 것처럼 '세상에서 가장 무시무시한 사막' 위를 날아서. 그리고 그 표현은 틀림없는 사실이었다. 그곳에 가본 적이 있는 신문기자는 한 명도 없었으니까.

북쪽으로 떠난 지 세 시간 후, 첫번째 블렌하임이 쿠프라에 폭탄을 투하해 격납고를 파괴하고 활주로에 늘어서 있던 비행기에 기총사격을 가했다. 그 뒤를 쫓아가던 B의 블렌하임은 동체 착륙을 했다…… "오른쪽 엔진에 정통으로 맞았다." B가 무전으로 원인을 밝혔다. 다행히 그는 돌아왔다. 하지만 세번째 블렌하임이 어떻게 되었는지는 전혀 알 길이 없었다. 약 반 시간 동안 무전이 간헐적으로 잡혔다. "우리는 항로를 잃었다…… 우리는 항로를 잃었다…… 우리는 항로를 잃었다……"

그러고 나서 무전이 끊기고 말았다. 그들은 보름 치의 비상식량과 물을 갖고 있었다. 하지만 그후에는……

"그다음 날 아침, 또다른 블렌하임 네 대가 쿠프라를 다시 공격했지. R은 초저공비행으로 그 요새에 폭격을 가했어. 무전수는 자기 뒤로 빗발치듯 날아오는 총알을 두 눈으로 똑똑히 보았어. 그는 그곳에 수천 수백 개의 대공포와 기관총이 있다는 것을 알았고, 그 표적이 바로 자기라는 것을 느낄 수 있었지. 날아온 총알에 그의 마이크가 박살났어. 그때 튄 파편 하나가 그의 콧구멍 속에 교묘하게 박혔지. 그리고 공작새처럼 허영심이 강한 M

은……"

"그만둬." M이 말을 가로막는다. "남 얘기라고 그렇게 함부로
떠들지 말라고!"

"공작새처럼 허영심이 강한 M은 그걸 끝까지 제거하지 않았
지. 그는 콧속에 박힌 그 작은 파편을 무공훈장이라고 생각했으
니까."

모든 시선이 M의 코로 향한다. 하지만 그는 이미 손수건으로
코를 틀어막은 뒤였고, 켁켁대는 소리를 몇 번 냈다. 그건 아쉬
운 대로 재채기로 봐줄 만한 소리였다. D가 M을 딱하게 여기고
재빨리 화제를 다른 곳으로 돌린다.

"사라의 우물 역시 지도에 나와 있지 않아. 자네들도 기억할
거야. 우린 그걸 고독의 우물이라고 불렀지. 그건 거기, 쿠프라
와 우니앙가 사이에 있을 거라고 모두들 생각했어. 우물에 관한
전설 같은 게 떠돌았지. 그런데 그 전설은 낙타들을 꿈꾸게 하고
비행사들을 길을 잃고 헤매게 만들기 위해 악마가 지어낸 이야
기라고들 했어……"

"그건 지어낸 이야기가 아니었어. 언젠가 D가 그곳에 착륙했
대, 라이샌더를 타고…… 그걸 본 사람은 없지만."

"D의 말이라면 백 퍼센트 믿어도 돼." D가 의연하게 말한다.

"어쨌든, 쿠프라를 함락하기 직전에 사라의 우물이 오스트레

일리아인 세 명 중 두 명의 목숨을 구해냈지. 나머지 한 명은 나중에 그 우물 때문에 죽었지만. 그 세 사람은 이탈리아군 벙커에 갇혀 있다가 탈출했어. 그들은 삼사백 킬로미터를 물 이 리터로 버티며 계속 걸었지. 끝없이 펼쳐진 사막 한가운데에서 아주 작은 점 하나를 찾기 위해서 말이야. 그들은 마침내 그 점을 찾아냈어. 그곳에 P가 있었어. 그는 그곳에다 비상용 항공 표지를 설치하느라 여념이 없었지. 그런데 아무것도 없는 광막한 사막에서 세 남자가 불쑥 나타나 비틀거리며 다가오는 것을 보고 그가 무슨 말을 했는지는 나도 몰라……"

"그는 아무 말도 하지 않았어." P가 말을 자르며 나선다. "우물을 향해 미친 듯이 달려드는 세 사내를 말리느라 정신이 하나도 없었으니까. 두 명은 간신히 말릴 수 있었지만 나머지 한 명은 행동이 너무 빨라 도저히 막을 수가 없었지. 그 친구는 우물에 달려들어 물을 두세 모금 꿀꺽꿀꺽 삼켰어. 그건 죽으려고 작정한 짓이었지……

마지막 몇 달 동안, 브르타뉴 비행연대의 비행기들이 매일같이 사라의 우물에 착륙했어. 그리고 그곳에 주둔하는 분대는 병력이 크게 보강되었지. 그 두 사람이 그 분대에 편입되었으니까."

하지만 피로니의 이야기는 그들에게 인기가 없다. 자기 딴에는 꽤 재미있는 농담이라고 생각해 한 이야기였지만, 모두 심드렁

한 반응만 보인다…… 그리고 그들은 갑자기 화제를 바꾼다.

"쿠프라에서 첫 폭격을 성공시킨 승무원, 그게 바로 그 친구 맞지? 쿠프라를 폭격하고 나서 넉 달 후에 비행기가 정글 속 늪지에 추락하는 바람에 비행기 밑에 깔려 꼼짝 못하고 있었다던 그 친구 말이야."

"그래 맞아, 콩고 중부 지역에서. 그 무전수 혼자 살아남았지. 그 친구, 불개미와 체체파리 때문에 엄청나게 고생했다더군. 다리가 부러져 움직일 수가 없었으니까. 게다가 박살난 비행기 잔해 아래 짓눌린 채 꼬박 스물네 시간을 동료들의 시체와 함께 있어야 했지. 그는 도움을 청하려고 이따금 기관총을 쏘아댔어. 하지만 그 주변에 살고 있던 피그미족은 기관총 소리를 듣고 도와주러 달려오기는커녕 더 멀리 달아났지. 여하튼, 우여곡절 끝에 그는 카누를 타고 백인 지역에 도착했어. 그리고 그곳에 동료들의 시신을 묻었지. 여기 어딘가에……"

손가락 하나가 지도 위에서 머뭇거리다가 우방기 강을 따라 이븐 폰도 남쪽으로 내려가…… 세 개의 무덤을 가리킨다.

침묵이 흐른다……

"그런데 그 사막이 어떻게 생겼지? 어디랑 비슷하게 생겼어?" 그곳에 한 번도 가본 적이 없는 누군가가 급히 묻는다.

"그곳과 비슷한 곳은 이 세상 천지에 아무 데도 없어. 말 그대로 모래뿐인 황량한 사막이지. 아, 하지만 만약, 만약에 말이야, 우니앙가에서 십오 도 방향으로 십 마일 정도 계속 가다보면 소관목 한 그루를 발견하게 될 거야…… 그게 다야. 그 사막이 비행사들에게 베푸는 유일한 관용은 아무 곳에나 착륙할 수 있다는 거지. 그리고 아무 곳에서나 다시 이륙할 수 있고. 자네들도 물론 기억할 거야. 노친네 D와 그의 베레모에 관한 이야기를……"

하지만 '노친네' D는 작전지역에 나갈 때마다 사람들을 벌벌 떨게 만들었던 그 굵고 우렁찬 목소리로 분노의 고함을 질러댄다.

"요즈음 젊은이들이 옛날의 우리만큼 혈기 왕성하다면 말야……"

"그러게, 그러게 말이야." C가 또다른 전쟁의 퇴역군인이나 아이들에게 말할 때처럼 타협적인 어조로 맞장구를 친다.

사연인즉슨, D는 여러 '북부 초소'와 지속적으로 연락을 취하고 있었다. 그는 비행기로 부상자와 위스키, 신선한 야채, 우편물 등을 닥치는 대로 실어 날랐다. 그는 종종 항로를 잃어버리곤 했지만 늘 되돌아왔다. 어떤 때는 걸어서 돌아오기도 했지만. 그런데 그는 바스크 지방의 베레모, 자신의 부적과도 같은 그 베레모 없이는 절대로 비행을 나가지 않았다. 그러던 어느 날, 그가 자신이 소속된 전투비행중대의 지휘관과 함께 정찰 비행을 나갔을 때 갑자기 바람이 불어 베레모가 날아갔다. D는 즉시 속력을 높이면서 항로를 이탈했다. 그리고 정찰대장에게 자기가 지금 심각한 난관에 처했다면서, 허공에서 방랑하는 자신의 베레모를 당장 뒤쫓아가겠노라고 알렸다. '비행에 필수불가결한 부품도 아닌 것을 회수하기 위해 위험천만한 비상착륙을 실시한 것' 때문에 그는 일주일간 영창에 갇혔다.

"모르는 소리 하지 마." D가 버럭버럭 소리를 지른다. "그건 사실과 달라……"

하지만 그가 내지른 항의는 허공으로 사라진다. 좌중에는 이미 또다른 이야기가 시작되었기 때문이다. 육분의 없이는 절대로 비행하지 않았다던, 브르타뉴 비행대의 M에 대한 이야기였다.

"나도 그랬어." D가 투덜거린다.

"그래, 하지만 M은 육분의를 사용할 줄 알았어. 어느 날 그는 파자 서쪽 어딘가에서 항로를 잃었지. 여기, 이 근처였어…… 그는 육감, 그러니까 프랑스 공군의 오랜 전통인 육감을 고집하는 정비사와 무전수의 회의적인 눈길을 무시하고 착륙해서 거리와 고도를 측정했지. 그러고 나서 다시 이륙했다가 한 시간 만에 다시 착륙해서 이제 회의적이지는 않지만 불안해하는 승무원들이 지켜보는 가운데 또다시 거리와 고도를 측정했어. 그러고 나서 또다시 한 시간 동안 비행한 후 착륙해 두 승무원의 좌절한 눈길 아래 거리와 고도를 측정하고, 또 한 시간 동안 비행하고 다시 착륙하…… 연료가 다 떨어질 때까지 그 짓을 되풀이했지. M은 육분의를 붙잡고 계산하고 또 계산했어. 무전수는 이를 갈고, 정비사는 주먹을 불끈 쥐었지. 하지만 M은 조금도 동요하지 않았어. '우린 라미 요새에서 불과 이십 킬로미터 떨어진 곳에 있다.' 그는 침착하게 말했지. 그리고 바로 그 순간, 그들의 눈앞에 불쑥 한 흑인이 나타났어."

"내 아내와 어머니와 두 아이를 한꺼번에 보는 것 같았어." 무전수는 나중에 그렇게 말했다.

그날 이후로 그 정비사와 무전수는 비행을 나갈 때면 반드시 육분의부터 챙긴다. "그건 비행하는 데는 아무 도움도 안 돼. 하지만 행운을 가져다주지." 그들은 강력하게 주장한다.

이번에는 C가 말을 시작한다.

"우리가 차드를 떠난 이후로 처음 본 그 호수, 그건 아비시니아의 타나 호수였어. 바로 그 지역에서, 아덴 전투비행중대의 프랑스 비행기에 탑승했던 승무원 가운데 살아남은 두 사람 중 한 명이 이탈리아군에게 붙잡혀 포로가 되었지. 감옥. 살인자 집단. 빵과 물. 극소량의 물…… 그들은 그를 재판에 회부하고 사형을 선고했어. 그리고 날마다 내일 사형이 집행될 거라고 그에게 말했지. N은 날마다 면도를 했어. 깔끔한 모습으로 죽고 싶었으니까. 그리고 후배들에게 물려주기 위해 전에 틈틈이 써놓았던 『군대윤리강령』이라는 책에다 매일 한 문단씩 덧붙이면서 죽음을 기다렸어. 그 게임을 시작한 지 육 개월 만에, 영국군이 아디스아바바*를 점령하면서 그는 마침내 풀려났어. 그날 이후로 N은 더이상 죽음을 믿지 않게 되었지……"

하지만 방 한구석에 앉아 있던 N은 재빨리 땔나무 한 조각을 집어들더니 바닥에 대고 세 번 두드린다.

"그걸 그런 식으로 말하다니, 그걸 그런 식으로 말하다니……"

그런 식, 어쩌면 우리는 B에 대해서도 그런 식으로 말했는지 모른다. B는 그후 폐잔 사막에서 죽었다. 열다섯 대의 독일 메서슈미트 전투기를 피해 무사히 귀환했던 불굴의 B, 적의 공격을 받는 와중에도 조종사를 즐겁게 해주기 위해 마이크를 들고 끊임없이 익살을 부렸던 B……

"그는 그날 독일기의 추격을 받으면서도 자기가 맡은 폭탄 투하 임무를 깔끔하게 완수했어……"

모두가 입을 다물었다. 바깥에서는 영국의 유서 깊은 비가 유리창을 하염없이 두드린다. 사막은 멀고, 울부짖는 바람은 건망증이 심한 사람들에게 사막이 그곳에 있다는 걸 상기시켜주는

---

* 에티오피아의 수도.

것 같다. 완전히 다른 새로운 하늘이 밖에서 그들을 기다리고 있다……

"흡연실에 누가 멋진 독일 지도를 새로 붙여놓은 것 같던데." 갑자기 누군가가 말한다……

십 년 후
혹은 세상에서 가장 오래된 이야기

Dix ans après
ou la plus vieille histoire du monde

◆『이카르』44호, 1967~1968년 겨울, p. 200~202에 게재된 글.

이 글은 1943년에 쓴 것이다…… 나는 스물여덟 살이 아니었다. 나는 이 텍스트에서 아무것도 수정하지 않았다. 이 글 속에 언급된, 더이상 존재하지 않는 사람들을 기리기 위해…… 내가 니콜라 바피라고 불렀던 사람은 전쟁이 끝나고 몇 년 후에 비행기를 이륙시키다가 목숨을 잃었고, 영국 해군 소속 조종사이며 '작은 랑제'라는 별명으로 불렸던 랑제 아르노는 라미 요새에 착륙하던 중 난기류에 휘말리면서 조종 장치에 번개를 맞아 끝내 목숨을 잃었다. 내가 이 텍스트에서 아무것도 수정하지 않은 이유는, 그렇게 함으로써 그들이 아직도 살아 있다는 환상을 간직할 수 있기 때문이다. 이 모든 게 얼마나 오래된 일인지! 오직 기억만이 남아 있을 뿐! 그리고 기억 속의 젊은 얼굴들은 결코 늙지 않을 것이다.

후식을 먹고 난 후, 여자들은 모두 자리를 떴다. 대령 부인이 우리에게 상냥하게 말했다.

"자, 이제부터 옛날 이야기를 마음껏 나누세요!" 그리고 그녀는 문을 닫았다.

몇몇 사람들이 어색하게 웃었다. 우리는 서로의 얼굴을 쳐다보았다. '모두 늙고 보기 흉하게 변해버렸군!' 우리는 연민 어린 심정으로 그렇게 속으로 중얼거렸다. 예를 들어, 보보스는 머리가 벗어지고 배가 약간 나왔다. 바르비는 삶에 지친 것 같았다. 그는 수많은 식구를 거느린 가장답게 얼이 빠지고 겁먹은 표정을 짓고 있었다. 대령이 직접 우리에게 커피와 리큐어를 따라주었다. 우리 대부분과는 달리—가령 자기 입으로 털어놨듯이, 시니는 잘나가던 시절에 조금씩 저축해두었던 돈으로 근근이 먹고 살고 있었다—도도라는 친구는 열대지역을 돌아다니면서 사탕수수 사업을 하고 있었다. 내가 뭘 해서 먹고사는지에 대해서는 아무도 나에게 대놓고 묻지 못했다. 하지만 우리 대부분과는 달리, 대령은 힘든 시절에도 불구하고 성공했다. 그는 클리시에서 작기는 해도 수입이 제법 짭짤한 택시회사를 운영했다. 그의 집은 회사 차고 위에 있었다. 그리고 우리들, 그러니까 그의 옛 부하들이 인생을 살면서 겪은 온갖 타격을 확인하고 옛 시절을 추억하기 위해 오늘 밤에 모인 곳도 바로 그곳이었다…… 우리는 낯선 사람들과는 절대로 그 시절에 관해 말하지 않았다. 그건 우리만의 암묵적인 규칙이었다. 그 시절에 관한 이야기는 오래전에 사람들의 뇌리에서 잊혔다. 우리는 분명히 인기가 없었다. 세상은 우리에게 뭔가를 빚졌고, 그래서 그 사실을 들추어내는 걸 좋아하지 않았다…… 대령이 우리에게 시가를 돌렸다.

"얼마 전에 니콜라 바피에게서 엽서를 받았어." 그가 커피에 설탕을 넣고 저으면서 말했다. "일이 잘 풀린 것 같더군…… 제군들도 모두 그랬으면 좋겠는데?"

그건 속내 이야기를 털어놓자는 일종의 신호였다. 하지만 우리는 여전히 경계심을 늦추지 않았다. 아직 뭔가가 부족했다. 대단치는 않지만 대번에 서로 마음을 터놓을 수 있는 공통의 기억, 공통의 고통이나 기쁨 같은 것. 우리는 그저 뒤꿈치가 닳고 코가 벌어진 구두를 신은 생시르* 출신의 세 사내가 안절부절못하면서 의자 밑으로 발을 감추는 것을 눈치챌 뿐이었다.

"그는 베를린에 살고 있어." 대령이 계속 말했다. "자동차로 관광객을 태우고 다니면서 폐허를 구경시켜주고 있다더군."

"니콜라 바피가 판에 박힌 설명을 늘어놓으면서 관광안내를

---

* 프랑스 육군사관학교.

하는 모습이 눈에 선한걸!"'큰 랑제'라는 별명으로 불렸던 랑제 마르셀이 히죽히죽 웃으며 말했다. "자, 신사숙녀 여러분, 바로 이 자리에 비스마르크 동상이 있었습니다…… 저는 초저공비행으로 날아와 폭탄을 투하해 그놈의 동상을 단번에 날려버리는 기쁨을 맛본 바 있지요."

여기저기서 킥킥거리는 소리가 들렸다.

"바보 같군." 나는 연민 어린 한숨을 내쉬면서 중얼거렸다.

'동전 세 닢'이 눈을 들어 위를 쳐다보았다.

"비스마르크 동상을 박살내는 니콜라 바피! 하하하!"

"생각만 해도 우스워!" 내가 킬킬대며 말했다.

"죽여주는군!" 바르비가 맞장구를 쳤다.

그리고 우리는 한순간 침묵했다.

"하지만," 마침내 '넓적한 이파리'가 입을 열었다. "비스마르크 동상을 파괴한 건 나였어. 그건 모두들 인정할 것 같은데, 안 그런가……"

내가 기침을 하며 나섰다.

"이봐, 자네를 괴롭힐 생각은 없어…… 하지만 어쨌든 사진을 갖고 돌아온 건 나였어!"

"뭐라고!" '넓적한 이파리'가 고함쳤다. "뭐가 어째!"

"자, 자, 제군들!" 대령이 끼어들었다. "십 년이나 지난 일을 가지고 그렇게 열을 낼 필요는 없어! 우린 바로 그날 베를린 상공에 함께 있었던 서른두 명의 전우가 아닌가? 그러니 더더욱……"

그는 커피를 한 모금 마시고 수줍어하면서 말을 이었다.

"사실 그날 밤 나도 그곳에 있었지, 그리고……"

우리는 그를 쳐다보았다.

"자, 술들 마시지!" 그가 한숨을 내쉬며 말했다.

우리는 마셨다.

"그건 그렇고," 대령이 갑자기 감탄스런 표정을 지으며 말했다. "자노가 요 전날 비행기를 탔던 모양이야."

우리는 탄성을 질렀다. 그리고 모두 입에서 시가를 빼내고는 존경 어린 표정으로 자노를 둘러쌌다. 우리는 말없이 그에게 경배를 했다.

"아, 꼭 처녀비행 같았어!" 자노가 기쁨으로 얼굴을 붉히며 말했다.

겨우 십 분이었지만!

"얘기해봐! 이야기해줘!"

"음." 자노는 중얼거리듯 말했다. "아주 이상한 느낌이었어. 처음에는 정신이 하나도 없더군, 특히 비행기가…… 그러니까 그걸 뭐라고 하지?"

"이륙!" '큰 랑제'가 자랑스럽게 소리쳤다……

"그래, 바로 그거야. 비행기가 이륙할 때…… 한순간 겁이 덜 컥 났어. 하지만 곧 익숙해지더군. 그리고 그후로는 말 그대로 하늘을 나는 기분이었어……"

우리는 별로 즐겁지 않은 웃음을 몇 번 터뜨렸다. 어색한 침묵이 흘렀다. 다행히 그 순간 차고에서 대령을 만나고 싶어하는 사람이 찾아왔다는 전갈이 왔다. 방문자가 안으로 들어왔다. 놀라움과 기쁨의 환호성이 터졌다. 그는 가티 가타였다. 누군가 그를 자리에 앉힌 뒤 술을 따라주고 시가를 건네주었다.

"그래, 가티 가토는 지금 나와 함께 일하고 있어." 대령이 말했다. "사실 우리는 동업자라네."

"친구들을 다시 만난다는 건 즐거운 일이야. 그렇지 않나, 가티?"

"뭐, 그렇죠." 언제나 다정다감한 가티 가토가 말했다. "대령님, 전해드릴 소식이 있어서 왔습니다. '암캐 B'가 실종됐습니다."

우리는 서로를 쳐다보았다. 우리는 우리 귀를 의심했다.

"그게 누구지?" 내가 목멘 소리로 물었다.

"미노스……"

"미노스!" 누군가가 소리쳤다. "그 앰뷸런스?"

그 껑다리 미노스가 다섯 번씩이나 독일에서 전사자들을 싣고 돌아왔기 때문에 우리는 그를 '앰뷸런스'라고 불렀다.

"그래, 바로 그 친구야." 대령이 말했다. "또다른 소식은?"

"대령님, '얼룩말 Z'가 가스등에 부딪쳤습니다."

"그건 또 누구지?" 보보스가 물었다.

"'작은 랑제'. 그는 일주일 전부터 나와 함께 일하고 있다네. 얼마 전에 그를 우연히 만났지……"

대령은 슬픈 표정으로 시가를 물었다.

"그는 오페라 광장에서 넥타이를 팔고 있었어."

대령이 지시를 내렸다.

"정찰대를 보내 빨리 미노스를 찾도록 해. 그는 몽파르나스 어딘가에 불시착한 게 틀림없어. 피에레트는 출동 가능한가?"

"속도위반 때문에 비행 금지령이 내려진 상태입니다, 대령님. 그리고 또 루치가……"

"루치에게 또 무슨 일이 일어난 거야?" 우리는 최악의 상황을 예상하며 부르짖었다.

"체포되었습니다!"

침묵이 흘렀다. 그러고 나서 울부짖음. 흥분해서 내지르는 끔찍한 욕설들.

그는 어떤 상점 진열창을 들이받았다. 그러지 않을 수 없었다. 그곳은 여행사였는데 진열창에 이런 글귀가 적혀 있었던 것이다. '독일로 관광을 떠나세요.'

그는 경찰서로 연행되었다.

"그 친구는 샤를 경(卿)하고 똑같아." 대령이 말했다. "뭔가를 파괴하지 않고서는 도시를 돌아다니지 못하는 게 말이야. 그의 말로는, 뭔가를 부수지 않으면 꼭 폭탄을 투하하지 못하고 기지로 되돌아가는 것 같은 기분이 든다더군."

그가 우리 쪽으로 돌아섰다.

"그건 그렇고, 우리에겐 조종사가 필요해. 자네들도 임무를 회피하는 건 싫겠지…… 안 그런가?"

"물론이죠!" 우리는 잔을 들면서 외쳤다. "임무를 회피해? 말도 안 되는 소리지. 로렌 비행연대의 영광을 위하여 건배!"

우리는 마셨다. 그리고 〈파파 쥘〉을 두 번, 〈뒤뤨의 덥수룩한 콧수염〉을 세 번 불렀다.

"가티, 오늘의 부대 상황을 보고해!"

"예, 오늘 로렌 비행연대는 총 십오 회의 비행을 실시했습니다." 이미 약간 술기운이 돈 것 같은 가티 가타가 술술 읊조렸다. "우리 조종사들은 두 명의 자전거병을 쓰러뜨렸습니다. 한 명은 확실하게 쓰러뜨렸고, 나머지 한 명은 쓰러진 것으로 추정됩니다."

피해는 무시해도 좋을 정도로 경미했다. '작은 랑제'는 교통 위반 딱지를 가지고 돌아왔다.

"'큰 랑제'는? 그는 어떻게 되었지?"

"아, 그는 언제라도 파리 이공대학을 뛰쳐나올 준비가 되어 있어. 그런데 '작은 랑제'가 요 전날 이상한 말을 하더라구. 물론 자네들도 '작은 랑제'가 어떤 친군지는 잘 알 거야. 그러니까 그가 한 말을 전부 믿을 수는 없어. 틀림없이 과장이 섞여 있을 테니까."

사연인즉슨, '작은 랑제'와 그의 조종사들은 전쟁이 끝날 무렵 한 가지 맹세를 했다. 휴전협정이 맺어지고 십 년이 지난 후에 다 함께 베를린으로 달려가 실컷 술을 마시자고 약속한 것이다. 그리고 약속한 날이 오자 정말로 자동차를 타고 베를린을 향해 달려갔다. 그들은 지도를 보면서 베를린이라고 표시된 곳에 마침내 도착했다. 그들은 차에서 내려 주변을 둘러보았다. 하지만 온통 허허벌판뿐, 아무것도 없었다. 기념비 하나도 찾아볼 수 없었다. '작은 랑제'는 조종사에게 욕을 퍼붓기 시작했다. 바로 그때, 들판 한가운데에서 암소 한 마리와 젊은 목동을 발견했다…… 그들은 목동에게 물었다. "베를린? 베를린?" 그들은 서로 앞다투어 되풀이해 물었다.

목동은 잠시 생각에 잠겼다가, 머리를 긁적이면서 강한 러시아 억양이 섞인 영어로 말했다.

"베를린? 베를린? 네버 허드 오브 잇(그런 이름은 한 번도 못

들어봤는데)."

누군가가 놀랍다는 듯 날카롭게 휘파람을 불었다.

"그건 너무 심했는데." 조르주가 말했다. "아무리 '작은 랑제'라 해도 그건 못 참을 일이지!"

'작은 랑제'와 그의 조종사들은 모자를 벗고 일 분 동안 말없이 주위를 살펴보았다. 그리고 목동에게 암소의 젖을 짜달라고 부탁해서 파괴된 그 도시가 하루빨리 복구되기를 기원하면서 우유를 한 잔씩 마셨다······ 그들은 목동에게 장차 농업국으로 재기할 검소한 독일에 관해 일장 연설을 했다. 평화롭게 살아가는 목동에게 그 나라를 위해 맡아야 할 특별한 임무가 있다면서······

그때 목동이 갑자기 소리쳤다. "베를린, 베를린? 이런, 나도 참 멍청하지!" 그가 손을 뻗었다.

"그건 이 들판에 새롭게 들어설 도시 이름이에요······ 그 퓌러*라는 사람이 오늘 여기다 그 도시의 초석을 놓았어요!"

"퓌러?" 누군가가 더듬거리며 말했다. "퓌러?" 우리는 말없이 서로 헤어졌다.

---

* 총통 또는 지도자라는 뜻으로, 히틀러를 부를 때 사용한 칭호.

보보스 : 이보스

바르비 : 바르브롱

도도 : 파튀로

니콜라 바피 : 샤르보노

큰 랑제 : 랑제 마르셀

동전 세 닢 : 알레그레

넓적한 이파리 : 소메

자노: 장 에드몽

가티 가타 : 가티수

미노스 : 미노스트

작은 랑제 : 랑제 아르노

피에레트 : 피에르 피에르

샤를 경: 에느카르

조르주 : 고이슈망

시니 : 시니발디

냐마 중사

Sergent Gnama

◆〈자유프랑스 위원회〉 회보, 1946년 1월, p. 11~13에 게재된 글.

1941년, 샤리 강*은 차드 호수로 흘러들었다. 요즘도 그런지는 잘 모르겠다. 세상은 정말로 많이 변했으니까! 많은 희망이 사라졌고, 많은 꿈이 패배를 맛보았으며, 많은 친구가 배신을 했다. 확실한 건 이제 아무것도 없다. 어쩌면 세상 자체가 모습을 완전히 바꾼 건지도 모른다. 하지만 1941년에는 아직 희망이 살아 있었고, 꿈은 순수하고 격렬했으며, 사람들은 자기 친구들의 이름을 알고 있었고, 샤리 강물은 차드 호수로 흘러들었다.

1월의 그날, 우리 일곱 명은 그 강에 있었다. 쾌속정이 햇빛 속에서 느릿느릿 움직였다. 거대한 풍선 같은 하마는 물 밖으로

---

* 아프리카 중앙부, 중앙아프리카공화국과 차드를 흐르는 내륙 하천.

귀를 내놓았다가 다시 잠수했다. 펠리컨은 따귀 때리는 소리를 내면서 열을 지어 물을 박차고 공중으로 날아올랐다. 강기슭에는 카이만 악어가 강물에 떠내려온 나무둥치처럼 꿈쩍도 하지 않고 있었다. 동지들은 선실에서 잠을 자고 있었다. 아르샹보 요새에서 라미 요새까지 쾌속정으로 열흘이 걸렸고, 그래서 우리의 마음이 다급했던 건 틀림없는 사실이었다. 우리 부대의 블렌하임 폭격기들이 라미 요새에서 우리를 초조하게 기다리고 있었고, 쿠프라는 여전히 이탈리아의 수중에 있었다.

"좀 들어봐." 누군가가 말했다. 어떤 흑인이 갑판에서 노래를 부르고 있었다. 마치 아랍인이 저녁기도 때 부르는 슬프고도 수선스러운 찬송가 같았다.

"프랑스 말 같은데." 폴 루이가 말했다.

나는 자리에서 일어나 바깥쪽으로 고개를 내밀었다. 폴 루이의 시동이 갑판에 앉아 있었다. 시동은 나에게서 등을 돌린 채 쭈그리고 앉아서 '캡틴' 물고기*의 비늘을 열심히 벗기고 있었다. 해가 지고 있었다. 나는 한순간 그 흑인의 숱 많고 곱슬곱슬한 검은 머리가 석양의 붉은 원 정중앙에 걸린 것을 보았다. 그의 몸은 쾌속정의 리듬에 따라 가볍게 흔들렸다.

---

* 날가지숭어과 물고기의 프랑스식 이름.

"내가 데리고 있는 시동이야." 폴 루이가 그늘에서 머리를 내놓으며 속삭였다. "저 아이는 프랑스어를 전혀 모르는데……"

그런데 프랑스어를 모르는 사하라 출신의 흑인 시동이 1941년 1월, 샤리 강 한가운데에 앉아 프랑스어로 노래를 부르고 있었던 것이다.

우리 어머니들은 포석 위에서 울고 있다네
우리 형제들은 모두 포로가 되었고
프랑스는 더러운 손아귀에 떨어졌네
하지만 우리는 정의의 수호자들……

"날 한번 꼬집어보게." 폴 루이가 속삭였다.

나는 그를 꼬집었다. 내가 너무 세게 꼬집었던 게 틀림없다. 그가 굵은 목소리로 점잖게 욕을 했으니까. 시동은 계속 노래를 불렀다. 웅얼거리는 듯한 목소리 때문에 가사를 알아듣기 어려웠지만, 그는 숨도 고르지 않고 똑같은 노래를 계속 되풀이해 불렀다. 마치 고장난 축음기에서 음반이 계속 돌아가는 것처럼. 그 덕분에 우리는 노랫말을 하나하나 가까스로 건져낼 수 있었다.

복수하는 사람들, 끝없이 싸우는 사람들

잔인한 사람들, 피도 눈물도 없는 사람들
　　우리는 오직 한 가지 꿈밖에 없다네
　　죄지은 자들은 벌을 받을 거라는 꿈……

　여기까지 부른 다음 시동은 부드러우면서도 날카로운 소리를
내지르기 시작했다. 그 소리 때문에 하마들이 갑자기 물속으로
사라졌고 악어들이 몰려들기 시작했다. 그러고 나서 그 노래는
다시 흐름을 되찾았다.

　　그러면 그 성스러운 문으로
　　우리는 자랑스럽게 되돌아올 거야……
　　악마가 우리의 영혼을
　　사막으로 가져가지만 않는다면……

　"각 행마다 모음 중복이 하나씩 들어 있군." 우리 뒤에서 프랑
스어의 정통성을 고집하는 순수주의자가 귀에 거슬리는 목소리
로 말했다.

　　자칼이 싸늘한 웃음을 지으며
　　우리의 메마른 뼈를 삼키지만 않는다면

하지만 진흙탕 속에서 살아남으려면

독일인이 되어야 할 거야……

그 노래는 그렇게 끝났다. 시동은 뒤돌아서서 어린아이처럼 겁에 질린 눈으로 우리를 쳐다보았다.

"장 바티스트." 내가 불렀다.

시동이 다가왔다. 비늘을 벗긴 '캡틴'을 손에 들고 서 있는 그는 마치 범행 현장에서 붙잡힌 도둑처럼 겁을 집어먹은 표정이었다.

"그 노래 어디서 배웠지?"

"이 아인 프랑스어를 할 줄 몰라." 폴 루이가 말했다. "정말로 안타까운 일이지만."

"무슨 뜻인지도 모르고 그냥 주절거린 거로군." 누군가가 귀에 거슬리는 목소리로 또 말했다.

내 시동이 우리에게 통역을 해주었다. 예, 그는 어떤 프랑스인에게서 이 노래를 배웠답니다. 어떤 프랑스인? 그냥 어떤 프랑스인이요. 프랑스인은 모두 비슷하니까요. 그는 프랑스인을 구분할 줄 모른답니다.

"샤를 대제가 이 녀석을 보면 아주 흡족해하겠는걸." 좀 전의 그 누군가가 또다시 기분 나쁜 소리로 말했다.

그 프랑스인을 어디서 알게 되었지? 방기*에서 알게 되었답니다. 그 프랑스인은 거기서 뭘 했지? 노래를 불렀답니다. 노래를 부르지 않을 때는 뭘 했나? 그 프랑스인은 항상 노래를 부르고 있었답니다. 아무리 그래도 노래를 부르지 않을 때가 잠시라도 있었을 것 아닌가? 어쩌다가 노래를 부르지 않을 때면, 잠을 잤답니다.

"식민지 행정관이었던 모양이군." 여전히 좀 전의 그 누군가가 추측했다.

"행정관은 절대로 노래를 부르지 않아." 폴 루이가 말했다.

그는 지금 어디 있지? 하늘에요. 죽었나? 아니요, 죽은 게 아니라 그냥 하늘로 날아갔답니다. 그럼 그는 비행사였나? 예, 그렇습니다. 그는…… 그러니까 주인님이 말한 대로입니다. 그의 이름이 뭐였지? 냐마 중사.

"그러니까 그건 동물……"**

하마가 고양이 귀처럼 앙증맞은 귀를 물 밖으로 내놓고 시끄럽게 킁킁거렸다. 해가 정글 속으로 떨어지고, 밤이 마치 내리꽂히듯 빠르게 다가왔다. 냐마 중사, 나는 지금 당신의 발자취를 찾을 수 없다. 당신이 어떤 하늘에서 승리했는지, 어떤 땅 위에

＊ 중앙아프리카공화국의 수도.

＊＊ 스와힐리어로 '냐마'는 '고기' 또는 '동물'을 뜻한다.

서 죽었는지 나는 모른다. 하지만 나는 1941년 그해에 당신의 우방기 출신 흑인 시동이 어떤 노래를 불렀는지 당신의 조국이 알기를 바란다. 그해는 끔찍했지만 역사에 선명한 흔적을 남긴 한 해였다…… 나는 또렷이 기억한다. 그때 샤리 강물이 차드 호수로 흘러 들어갔던 것을.

사랑스러운 여인

Une petite femme

◆『그랭구아르』, 1935년 5월 24일, p. 13에 게재된 글.

네, 선생. 그녀는 정말 사랑스러운 여인이었습니다. 금발에 작고 가냘픈 그녀는 화장을 곱게 하고 미제 담배를 피우면서 가시덤불 속을 거닐었습니다. 그리고 그곳에 온 지 얼마 되지 않았을 때는 하루에 두 번씩 드레스를 갈아입었지요. 아마 세상이 뒤집히는 일이 있어도 그걸 막을 수는 없었을 겁니다. 그 당시 우리는 원시림 깊숙이 들어가 있었습니다. 우리는 그 정글 속에 철로를 놓고 있었는데, 우리 뒤로 이미 완성된 사백 킬로미터의 철로가 길게 뻗어 있었지요. 유구한 역사를 가진 이 나라에 처음 발을 들여놓는 사람들이 보기에 사백 킬로미터의 철로는 별것 아닌 것처럼 생각될 수도 있을 겁니다. 그까짓 사백 킬로미터, 시시하군! 하면서요. 하지만 가시덤불로 뒤덮인 그 지역의 땅을 뿌리째 들어내고 사백 킬로미터의 철로를 놓는다는 게 어떤 건지 선생이 짐작할 수만 있다면! 처음 그곳에 부임해온 엔지니어는 자신의 임무를 훌륭하게 수행했지만, 결국 사이공으로 도망치듯 떠나고 말았죠. 열대지방에서 가장 저항력이 강한 유기체인 인체마저 맥을 못 추게 만드는 고약한 열병에 걸리고 말았거든요. 그래서 우리는 그의 후임자를 초조하게 기다렸습니다. 마침내 후임자가 도착했지요. 그는 패기 넘치는 청년이었습니다. 게다가 아직 젊은 나이였지만 성실하고 책임감이 강해 자신에게 주어진 일은 뭐든지 철두철미하게 해내려고 애썼습니다. 그의 이름은 라콩브였는데, 그처럼 심신이 건강하고 낙천적인 사람을 본 건 정말 오랜만이었어요. 그는 나와 내 부하들뿐만 아니라 철로 공사에 동원된 원주민들과도 스스럼없이 농담을 주고받곤 했죠. 그는 누구에게나 친절했습니다. 그가 친절하게 대하지 않은 상대는 잠을 자러 텐트 안에 들어갔을 때 침대를 차지하고 있던 독거미가 전부였을 겁니다. 조금만 더 있어보라지, 이제 곧 너도 쓴맛을 보게 될걸? 나는 그렇게 생각했지요. 사람 기분을 잡치는 데는 안남*의 정글만 한 게 없으니까요. 나 역시 그곳에서 지독한 쓴맛을 보았습니다. 그리고 사실 얼마 지나지 않아 그도 그

---

* 프랑스령 인도차이나 시대의 중부 베트남 지역.

걸 경험했지요. 내 예상대로 그의 얼굴에서 점점 웃음이 사라지기 시작하더니, 마침내 더이상 웃질 않더군요. 잠을 잃어버린 그는 밤마다 자기 텐트 앞에서 밤을 지새웠습니다. 나는 어둠 속에서 빛나는 빨간 점 같은 그의 담뱃불을 발견하곤 했습니다. 하지만 그가 열심히 일했다는 것은 인정해야 합니다. 아침부터 저녁까지, 그는 정글 속에 몇 미터의 철로를 더 이어나가기 위해 지도를 들고 썩은 늪지 속을 이리저리 헤매고 다녔습니다. 게다가 시간이 없었습니다. 우기가 닥치면 몇 달 동안 일을 중단해야 하기 때문에 그전에 가능한 한 작업을 최대한 진척시켜야만 했으니까요. 그 모든 것으로 인해 그가 세상을 마냥 장밋빛으로 볼수 없게 된 것이 분명하다고 나는 생각했습니다. 하지만 그건 나의 착각이었습니다.

그는 그런 근심걱정 때문에 의기소침해 있었던 게 아니었습니다. 어느 날 저녁, 그가 기쁨에 겨워 소리를 지르면서 내 텐트안으로 뛰어 들어왔습니다.

"중위님, 그녀가 이곳으로 온대요!" 그는 나에게 소리쳤습니다. "그녀가 곧 올 거래요!"

그는 기관차가 사이공에서 방금 막 그에게로 실어 나른 편지봉투를 내 코앞에 흔들어댔습니다.

"누가 온다는 거야?" 내가 물었습니다.

"내 아내, 내 아내 시몬이요! 그녀가 배를 탔어요. 중위님도 이제 곧 아시게 될 겁니다, 그녀가 얼마나 멋진 여잔지. 게다가 용감하고…… 내가 장담하는데, 중위님도 그녀를 좋아하게 될 겁니다. 그녀를 보면 누구라도 좋아하지 않을 수 없으니까!"

그렇게 해서 그 사랑스러운 여인은 수많은 트렁크와 발바리 한 마리를 데리고 그곳에 도착했습니다. 발바리를 데리고 그곳에 온 겁니다! 라콩브가 나를 그녀에게 소개시켰습니다.

"이곳에서 만난 나의 소중한 친구 파비아니 중위님이야."

나는 그녀와 악수를 했습니다. 그렇게 작고 하얀 손을 잡아본 건 몇 년 만에 처음이었죠.

"중위님, 만나서 정말 반가워요." 그녀가 말했습니다. "제 남편이 편지로 중위님 얘기를 많이 들려줬답니다. 그런데 실제로 만나뵈니 정말로 잘생기셨네요!"

선생, 선생은 내 말을 믿지 않을지도 모르겠지만, 난 그때 얼굴이 빨개졌습니다. 라콩브가 곧 그걸 알아차렸지요.

"저것 봐, 시몬. 파비아니 중위님 얼굴이 빨개졌어. 이거 놀랄 일인데!"

"중위님, 우린 좋은 친구가 될 수 있을 거예요. 중위님도 곧 아시게 되겠지만, 저는 착한 여자랍니다. 자, 받으세요. 중위님에게 하루 동안 니니를 맡길게요. 이건 제가 중위님을 특별히 신뢰한다는 뜻이에요!"

그녀는 내 손에 발바리를 넘겨주었습니다! 나는 그녀의 기분을 상하게 하지 않기 위해 하루 종일 그 녀석을 데리고 다녀야 했습니다. 그런데 내 생각에, 그녀는 일부러 그랬던 것 같습니다. 나를 부하들의 놀림감으로 만들려고 말입니다. 만약 그게 사실이라면, 그녀는 놀랄 만큼 완벽하게 목적을 달성했다고 볼 수 있죠. 그녀가 그곳에 온 것을 내가 탐탁잖게 여겼다는 걸 선생께 말해둘 필요가 있을 것 같군요. 정글 속의 백인 여자, 그건 안 봐도 골칫덩어리일 게 뻔하니까요. 더군다나 그 여자는 특히 더! 그녀의 머릿속에는 온갖 터무니없는 생각이 끊임없이 떠올랐고, 그럴 때마다 그 생각을 즉시 실행에 옮겼습니다. 그녀는 하루 종일 음악을 틀어놓았지요. 그녀가 이곳에 올 때 가지고 온 트렁크 중 하나에는 전축과 함께 음반이 가득 들어 있었거든요. 모두 춤곡이었는데, 그 견딜 수 없는 소음 때문에 나는 그 음악에 반감을 가지게 되었습니다. 나의 가련한 귀는 더이상 그 소리를 참고 견딜 수 없었습니다. 결국 나는 그 소리를 듣지 않으려고 캠프에서 달아나 가시덤불 속에 처박혀 있곤 했죠. 하지만 그녀는 음악만으로 그치지 않았습니다. 어느 날 내가 낮잠을 자고 있을 때 그녀가 텐트 안으로 들어왔습니다.

"죄송한데요, 중위님, 절 좀 도와주시겠어요?"

"물론입니다, 부인. 무슨 일인가요?"

"아, 그러니까 제가 앞으로 매주 일요일마다 작은 무도회를 열 생각인데, 거기에 중위님 부하들이 참가할 수 있도록 허락해주셨으면 해요."

나는 웬만해선 놀라지 않는 편입니다. 하지만 그 말을 듣고 적어도 오 분은 족히 입을 멍하니 벌리고 있었죠!

"그럼 승낙하신 거죠? 중위님, 당신은 천사예요. 장은 중위님이 절대로 허락하지 않을 거라고 했는데!"

그녀는 나에게 말 한마디 할 틈도 주지 않고 텐트 밖으로 사라졌습니다. 정글 한가운데에서 무도회라니! 그런 얘길 들어본 적이 있습니까? 나는 없습니다. 우리는 식민지 관할 지역에서도 한참 벗어나 있었습니다. 여기서 '식민지 관할 지역'이란 행정상으로는 식민지에 속하지만 실제로는 통치권이 거의 미치지 않는 곳을 말합니다. 게다가 강 건너편에는 우리에게 비협조적인 무아 부족이 살고 있었는데, 철도는 그 부락을 지나가야만 했습니다. 그건 다시 말해 철로를 끝까지 놓는 것이 결코 쉽지 않을 것이며, 따라서 우리가 무도회 같은 하찮은 것에 신경을 쓸 때가 아니라는 것을 의미했습니다. 그렇지만! 어쩔 도리가 없었습니다. 그녀는 결국 자기 뜻대로 무도회를 열었습니다. 나는 일요일마다 무도회에 참석해야 했죠. 심지어 그녀는 나에게 춤까지 가르쳐주고 싶어했습니다! 한번 생각해보십시오. 나처럼 늙수그레한 군인이 마흔 명의 젊고 건장한 부하들 앞에서 광대처럼 우스꽝스러운 짓을 하는 모습을! 그게 다가 아니었습니다. 천만에, 그때부터 시작이었지요. 그녀는 우리가 간절히 애원하는데도 아랑곳하지 않고 캠프에서 벗어나 혼자 정글 속을 산책하겠다고 고집을 부렸습니다. 내가 그녀에게 정글 곳곳에 무시무시한 야만족이 살고 있다고 말해주자, 그녀는 내 면전에 대고 콧방귀를 뀌면서 자신의 권총을 보여주었습니다. 혁대에 차고 있던 커다란 콜트 자동권총을 말입니다. 나는 그녀가 그걸 도대체 어디에 쓰려고 차고 다니는지 항상 궁금했습니다! 그녀의 팔은 그만 한 총 하나도 들어 올리지 못할 것 같았으니까요.

"걱정 마세요, 중위님. 나에겐 총이 있다고요!"

그녀는 무서운 표정을 지으려는 듯 인상을 찌푸렸습니다.

하지만 나는 물러서지 않고 계속 설득했습니다. "야만인만 있는 게 아닙니다. 날카로운 가시덤불과 온갖 종류의 무시무시한 맹수가 곳곳에 도사리고 있어요. 그런 짐승들은 눈 깜짝할 사이에 당신을 덮칠 겁니다."

"그런 짐승은 조용히 내버려두면 절대로 먼저 공격하지 않아요. 기초 지리학 책에 그렇게 설명되어 있던걸요!"

"그런 책은 백날 읽어봐야 아무 도움도 안 됩니다. 그런 걸 읽었다고 정글에서 길을 잃고 헤매지 않는다는 보장은 없어요!"

"치, 그래도 전 하나도 겁 안 나요! 제가 길을 잃고 헤매면 중위님이 즉시 절 찾아내실 거잖아요. 아닌가요?"

그녀는 그렇게 말하고는 발바리를 안아 들고서 가시덤불 속으로 사라지곤 했습니다. 그런데 정말로 신기한 건, 그녀에게 아무 일도 일어나지 않았다는 겁니다. 어떻게 된 영문인지 그녀는 언제나 무사히 캠프로 되돌아오곤 했습니다. 마치 공원으로 가벼운 산책을 나갔다가 돌아오는 것 같았습니다. 그녀는 저녁마다 전축을 틀어놓았고, 나는 내 텐트 안에서 어둠 속의 야수들이 으르렁거리는 소리와 함께 파리에서 한창 인기를 끌고 있는 미남 스타가 부르는 노랫소리를 들어야 했습니다. 그걸 듣고 있는 건 나 혼자만이 아니었습니다. 내 부하들도 불가에 모여 앉아 그 노래를 들었지요. 그녀는 별 힘도 들이지 않고 그들 모두를 넋이 나가게 만들었습니다. 그녀는 너무나 예뻤으니까요. 아주 작은 입, 늘 주름이 살짝 잡혀 있는 콧등, 해맑은 눈빛. 물론 나는 그걸 가장 늦게 알아본 사람이었습니다. 내 부하 녀석 두 명이 그녀 때문에 난투극을 벌인 후에야 비로소 알아보았으니까요. 나는 즉시 그녀에게 달려가 무슨 일이 일어났는지 이야기해주었습니다. 그런데 그녀가 어떻게 한 줄 아십니까? 울었습니다. 주먹으로 눈물을 닦으면서 어찌나 슬피 울던지, 그걸 보고 있는 사람도 덩달아 울컥해지지 않을 수 없었습니다. 하마터면 나도 울 뻔했습니다, 이 파비아니 중위가 말입니다!

"싸움을 한 두 사람을 저한테 데려다주세요." 그녀가 나에게 말했습니다.

나는 그들을 데려왔습니다. 그 둘은 막돼먹은 녀석들도 아니었고, 더군다나 그때까지 말썽 한 번 일으킨 적이 없던 녀석들이었습니다.

"만약 당신들이 앞으로 한 번만 더 나 때문에 싸운다면," 그녀가 눈물이 그렁그렁한 눈으로 두 사람을 쳐다보며 소리쳤습니다. "난 즉시 이곳을 떠나버릴 거예요. 내 말 알아듣겠어요?"

그녀는 마치 바깥에 자기를 데려갈 기차가 기다리고 있기라도 한 것처럼 분명한 어조로 말했습니다. 두 남자는 고개를 푹 숙이고 아무 말도 하지 않았습니다.

"자, 두 사람, 이제 화해의 키스를 하세요!"

그들은 서로 껴안고 뺨에 입을 맞추었습니다! 나는 잘생긴 건장한 사내 두 명이 서로의 뺨에 입을 맞추는 것보다 더 우스꽝스러운 광경은 그때까지 한 번도 본 적이 없었고, 아마 앞으로도 보지 못할 겁니다!

"보세요, 중위님. 이제 이 문제는 깨끗이 해결되었어요." 그녀가 나에게 말했습니다. "이런 문제는 아주 간단히 해결될 수 있는 거랍니다!"

그녀는 나에게 미제 담배를 권하고는, 자신이 제일 좋아하는 음반을 전축에 걸었습니다. 그 노래의 제목은 기억나지 않지만, 이렇게 시작되는 것이었습니다.

파리, 난 널 사랑해, 사랑해, 사랑해……

아, 나도 모르게 노래를 흥얼거렸군요. 죄송합니다, 선생. 하지만 그 곡조가 내 기억 속에 너무 또렷하게 새겨져 있어서요. 그녀는 그곳의 기후를 우리보다 더 잘 견뎠습니다. 그녀가 겪은 가장 큰 시련은 발바리의 죽음이었죠. 그 개는 뱀과 장난을 치며 같이 놀려고 했습니다. 하지만 뱀은 워낙 성격이 까다로운 동물이라, 아무리 재미있는 장난이라도 절대로 통하지 않지요. 그래서 발바리는 뱀과 친구가 되고 싶어한 대가로 목숨을 잃었습니다. 우리는 발바리의 장례식에 참석하기 위해 작업을 중단해야 했습니다. 아주 근사한 장례식이었죠! 나는 열대지역에서 생활한 이래로 많은 사람들의 죽음을 보았지만, 그렇게 멋진 장례식은 한 번도 본 적이 없었습니다. 그런데 그런 것보다 더 고약한 문제는, 그녀가 자기 남편이 열심히 일하지 못하게 방해하고 있다는 것이었죠. 그녀는 수천 가지 핑계를 만들어 그를 붙들고 놓아주지 않았습니다. 라콩브는 성실하고 책임감이 강한 사람이었지만 아내의 요구를 쉽게 뿌리치지 못했고, 결국 내가 언제나 악

136

역을 맡아 그를 작업장으로 끌고 나올 수밖에 없었습니다.

"부인, 정말 가슴이 아프지만, 지금 우리한테는 당신 남편이 절대적으로 필요합니다. 라콩브 씨, 오늘은 무슨 일이 있어도 지반 공사를 끝마쳐야 합니다. 모두들 당신을 기다리고 있어요. 원주민들은 당신 없이 일을 하려고 하지 않습니다. 그들은 땅이 무너져 내릴까봐 겁을 집어먹고 있소."

"모두들 기다린다고요?" 그녀가 말했습니다. "중위님은 왜 항상 저한테서 남편을 빼앗아가려 하는 거죠?"

"저도 어쩔 수가 없습니다. 부인, 우린 시간이 없습니다. 건기가 거의 끝나가고 있어요. 우기가 시작되기 전에 강을 건너야 하는데, 작업은 전혀 진척이 없습니다."

"중위님은 일밖에 모르는 분이군요. 우기가 시작되기 전에 강을 건너건 끝난 후에 건너건, 그게 뭐 그렇게 중요한가요?"

그런데 그건 아주 중요했습니다! 우기가 시작된다는 건 공사를 더이상 진행할 수 없다는 것을 의미했습니다. 늪처럼 푹푹 빠져드는 진창에다 레일을 깔 수는 없으니까요. 그 지역은 대부분 지반 보강 공사를 해줘야만 했습니다. 그리고 그건 폭우 속에서는 도저히 할 수 없는 일이었죠. 무엇보다 교량 건설이 가장 큰 문제였습니다. 폭이 육십 미터나 되는 강에 다리를 놓아야 했으니까요. 교량 건설은 그 자체만으로도 엄청난 대공사였습니다.

그런 데다 물살은 급류에 가까울 정도로 세찼어요. 우기가 되면 강이 범람하면서 주위의 모든 것을 휩쓸어버리고 거대한 토사가 쌓이겠지요. 나는 그런 것들을 그 사랑스러운 여인에게 차근차근 설명해주려 했습니다. 하지만 아무 소용이 없었지요. 그녀는 다리 같은 건 자신의 다른 근심거리에 비하면 아무것도 아니라고 말했습니다. 그리고 강이 범람하건 말건, 철로가 놓이건 말건 자기가 상관할 바 아니라고 콧방귀를 뀌면서, 자기가 파리에서 여기까지 온 건 남편도 없는 빈 텐트를 지키기 위해서가 아니라 남편과 함께 있기 위해서라고 말했습니다. 그녀의 남편 장, 그녀의 관심은 오직 그뿐이었습니다. 마침내 우리가 강에 도달했을 때, 비가 내리기 시작했습니다. 그때까지 나는 폭우 속에서 작업을 해본 적이 한 번도 없었고, 그런 상황에서 일하는 게 어떤 건지 막연히 짐작만 하고 있을 뿐이었지요. 하지만 얼마 지나지 않아 그게 어떤 건지 분명히 알게 되었습니다. 상황은 내가 예상했던 것보다 훨씬 더 고통스러웠습니다. 우리는 진창 속에서 발을 질질 끌고 다녔습니다. 후끈거리는 지면에서 올라오는 수증기 속을 걷노라면, 마치 구름 위에서 살고 있는 것 같은 기분이 들었습니다. 주변의 모든 것이 물컹거리고 눅눅하고 끈적끈적했습니다. 레일은 깔자마자 곧바로 진흙탕 속에 처박혔습니다. 그래서 레일을 끌어내 다시 설치하면 또다시 진흙탕 속에 처박히고…… 강물은 하루가 다르게 불어났고, 그런 과정이 끝없이 되풀이되었죠. 그런 가운데에서도 우리는 마침내 임시 가교를 건설하는 데 성공했습니다. 그 다리가 급류를 이겨내며 서 있는 걸 보고 우리는 감격했죠. 두 사람이 동시에 건너기도 힘든, 위험천만한 다리이긴 했지만 말입니다. 라콩브는 나름대로 최선을 다해 일했지만, 눈에 드러날 만한 성과는 거두지 못했습니다. 우리는 그가 비에 흠뻑 젖어 읽을 수도 없게 된 지도를 손에 들고 이리저리 뛰어다니며 애쓰는 모습을 그저 물끄러미 지켜볼 수밖에 없었습니다. 비가 모든 것을 망쳐놓았습니다. 무기를 녹슬게 하고 장비를 못 쓰게 만들었지요. 심지어 잠을 잘 때도 우리 몸 위로 빗물이 주룩주룩 흘러내렸습니다. 우리 중 절반이 고열에 시달렸죠. 우리는 우기가 오기 전에 공사를 끝마치고 고향으로 돌아갈 수 있을 거라고 생각했는데, 상황이 이 지경에 이르자 여기저기서 불만의 목소리가 터져 나오기 시작했습니다. 그런데 그 사랑스러운 여인은 놀랍게도 아주 건강했습니다. 그녀의 얼굴은 처음 이곳에 도착하던 그날처럼 투명하고 맑았습니다.

"중위님. 아무 문제 없어요. 중위님은 분명히 멋진 다리를 완공하실 거예요!"

하지만 나는 별로 자신이 없었습니다.

"이런 빗속에서 과연 그럴 수 있을지 모르겠군요."

"이 비, 정말 멋져요. 새로운 생각을 떠올리는 데는 비가 최고예요!"

그녀는 웃으면서 헬멧도 쓰지 않고 텐트 밖으로 나갔습니다. 라콩브는 당분간 강 건너편에 머무르면서 작업을 진행하기로 마음먹었습니다. 부실한 다리 위를 계속 오가면서 작업하기가 힘들었기 때문입니다. 그런데 그곳은 무아 족이 모여 사는 촌락과 아주 가까웠습니다. 선생도 이미 짐작했겠지만, 나는 그 부족 때문에 한시도 마음을 놓을 수가 없었습니다. 그래서 라콩브에게 무아 족은 아주 호전적이고 위험한 부족이기 때문에 언제 무슨 일이 일어날지 모른다며 말렸죠. 하지만 그는 막무가내였습니다.

"강 건너편에서 해야 할 일이 아주 많아요. 그렇다고 매번 다리를 왔다갔다할 수는 없잖아요."

하는 수 없이 나는 캠프를 둘로 나누기로 결정했습니다. 부하 중 절반은 원래 있던 캠프에 그대로 남아 철로 공사에 동원된 원주민들을 감시하면서 작업을 계속해나가기로 했습니다. 비 때문에 달아나는 원주민들이 늘어났으니까요. 그리고 나머지 절반은 강 건너편에 새롭게 설치한 캠프에서 라콩브와 그의 부인을 보호하는 임무를 맡았습니다. 텐트로는 폭우를 버텨낼 수 없었기 때문에 임시 막사도 새로 지어야 했습니다. 철로 공사는 점점 더 힘들어졌습니다. 다리는 두 번이나 무너졌고, 우리가 갖고 있던 카누는 강이 범람하면서 모두 떠내려가버렸습니다.

"중위님," 사랑스러운 여인이 어느 날 나에게 말했습니다. "이제 이곳 생활이 지겨워지기 시작했어요. 이제 더는 못 견디겠어요!"

"어디 불편한 데라도 있나요?"

하지만 그녀의 얼굴빛은 놀랄 정도로 건강해 보였습니다.

"아뇨, 그런 게 아니라 그냥 지겨워요. 중위님이 말씀하신 무아 족은 비둘기처럼 얌전하기만 하고……"

"우리로서는 고마운 일이죠!"

"이곳에는 기분전환을 할 수 있는 게 아무것도 없어요. 게다가 담배도 거의 다 떨어졌어요. 남아 있는 화장품이라고는 립스틱뿐이고, 가지고 온 레코드도 달달 외워버렸고……"

말하기 유감스럽지만, 나 역시 그 노래들을 달달 외우고 있었습니다. 그녀의 전축은 잠시도 조용할 날이 없었으니까요.

"그래서 말인데요. 중위님, 한 가지 부탁이 있어요."

"부탁?" 나는 덜컥 겁이 났습니다.

"아! 별것 아니에요. 중위님은 내일 무아 족 마을에 가실 거잖아요. 아니라고 잡아떼도 소용없어요. 장한테 들었으니까. 중위님, 그곳에 갈 때 저도 데려가주세요. 저는 그 부족 사람들이 보고 싶어 죽겠어요!"

내가 아무리 안 된다고 협박하고 애원하고 달래보았자, 벽에다 대고 말하는 것이나 다름없었습니다. 그녀는 무아 족을 만나보고 싶어했습니다. 그러니 그녀는 무슨 일이 있어도 그들을 보러 가고 말 것입니다. 이상 끝! 더 말해봐야 소용없는 일이었습니다.

"중위님이 절 데려가지 않겠다면 할 수 없죠. 저 혼자 갈 수밖에!"

그녀는 그러고도 남을 여자였습니다. 그 촌락은 강에서 불과 일 킬로미터밖에 떨어져 있지 않았고, 그 사랑스러운 여인은 마음만 먹으면 우리의 감시 따위는 손쉽게 따돌릴 수 있을 테니까요. 그러니 차라리 그녀를 데려가는 게 더 나았습니다. 하지만 그런 결정을 나 혼자 내린 건 아니었습니다. 나는 신중하고 책임감 있게 행동했습니다. 라콩브와 상의도 했고요. 따라서 그후에 일어난 일에 대해서는 어떤 식으로든 나에게 책임이 없다는 건 틀림없는 사실입니다! 라콩브는 그 계획을 포기시키려 애썼지만, 그 역시 나처럼 그녀를 조금도 설득하지 못했습니다.

"난 이곳을 떠나기 전에 무아 족을 꼭 보고 말 거야. 무슨 수를 써서라도 꼭 볼 거라고. 알겠어, 장? 내 말 우습게 생각하지 마."

"어쩔 수 없군. 중위님, 제 아내를 데려가주세요. 하지만 시몬, 어리석은 짓은 절대로 하면 안 돼!"

이튿날, 그녀는 우리와 함께 출발했습니다. 나에게는 스무 명의 무장한 부하가 있었기 때문에 무아 족이 기습 공격을 해온다 해도 크게 걱정할 필요가 없었습니다. 게다가 나는 이미 그 마을에 두 번이나 갔었는데, 두 번 다 아무런 사고도 일어나지 않았지요. 하지만 이번에는 왠지 불안했습니다. 특별히 불안할 만한 게 없는데도 나는 뭔가를 두려워하고 있었습니다. 선생이 비웃을지도 모르겠지만, 나는 예감을 믿는 편이거든요…… 어쨌든 우리가 그 마을 안으로 들어설 때까지도 수상쩍은 기미는 전혀 느낄 수 없었습니다. 무아 족은 오두막 앞에 옹기종기 모여앉아 우리를 쳐다보았습니다. 경계심보다는 호기심이 더 큰 것 같은 눈길이었죠. 그들의 수는 얼마 되지 않았지만 그 부족의 전사 대부분이 숲 속에 숨어서 무성한 가시덤불 사이로 우리를 감시하고 있는 게 분명했습니다.

"겨우 이런 거예요, 중위님이 말씀하신 그 무아 족이란 게?" 사랑스러운 여인이 중얼거렸습니다. "잔뜩 기대했는데, 솔직히 실망이에요!"

나는 그녀를 부하들에게 맡기고, 통역인 투와 함께 추장이 있는 오두막으로 갔습니다. 오두막 안은 회색빛 어둠이 짙게 깔려 있어서 처음에는 아무것도 보이지 않았습니다. 시큼한 땀 냄새와 짐승 냄새가 코를 찔렀습니다. 얼마 후, 추장의 윤곽이 보이기 시작했습니다. 그는 내 앞에 가만히 앉아 있었습니다. 나는 전에도 그를 두 번이나 만난 적이 있었지만 이렇게 석상처럼 꼼짝도 하지 않고 있는 모습은 처음이었습니다. 내 눈은 조금씩 어둠에 익숙해졌습니다. 그의 얼굴과 몸을 자세하게 볼 수 있었죠. 바싹 말라 버석거리는 노인의 몸, 그 나이에도 불구하고 야성적인 강인함이 느껴지는 광대뼈가 툭 튀어나온 얼굴, 그리고 입술 양쪽으로 삐져나온 날카로운 두 개의 송곳니. 그의 두 뺨과 가슴 여기저기에 동그랗게 부풀어 오른 하얀 반점들…… 그는 미동도 하지 않았습니다. 그 돌 같은 부동 상태, 입술 사이로 드러난 송곳니, 그리고 특히 피부병 때문에 생긴 끔찍한 하얀 반점들을 나는 죽을 때까지 잊지 못할 것 같습니다. 그는 침묵 속에서 뭔가를 기다리고 있었습니다. 그래서 내가 먼저 말을 꺼내기로 마음먹고 통역을 향해 돌아섰습니다.

"위대한 추장에게 말하라. 나와 추장, 우리는 좋은 친구다. 그렇게 전하라. 나, 추장에게 선물을 가져왔다……"

추장의 오두막에서 나왔을 때, 나는 부하들이 사랑스러운 여인을 둘러싼 채 꼼짝도 하지 않고 서 있는 것을 보았습니다. 나는 그들에게 다가갔습니다. 그녀는 새하얗게 질려 있었고, 눈에는 눈물이 반짝였습니다.

"무슨 일이야? 무슨 일이 있었어요?"

"아! 아니에요…… 무아 족은 정말 양처럼 온순하던걸요!"

하지만 그녀의 목소리는 약간 떨리고 있었습니다. 또다시 알수 없는 불안이 나를 사로잡았습니다. 하지만 이상한 기미는 찾아볼 수 없었습니다. 사랑스러운 여인은 내 부하들 한가운데에서 얌전히 있었습니다. 아무 일도 일어나지 않았습니다. 그리고 나에게는 무아 족이 조금만 수상쩍은 기미를 보여도 즉시 방아쇠를 당길 준비가 되어 있는 스무 명의 무장한 군인이 있었습니다.

"출발."

우리는 캠프로 되돌아왔습니다. 비가 더욱 세차게 퍼부었기 때문에 우리는 온몸이 흠뻑 젖고 덜덜 떨렸습니다. 나는 부하들을 막사로 돌려보냈습니다. 그들의 막사는 라콩브와 사랑스러운 여인, 그리고 내가 묵고 있는 오두막에서 상류로 약 이백 미터 떨어진 곳에 있었지요. 그렇게 그날 하루는 무사히 지나갔지만 왠지 모를 불편한 심기는 떨쳐버릴 수가 없었습니다. 나는 생각했습니다. 그래, 내가 열병에 걸린 건지도 몰라. 하지만 그건 아니었습니다. 그리고 늙은 추장의 끔찍한 몸뚱이와 섬뜩할 정도로 굳어 있던 위협적인 얼굴이 내 눈앞에 아직도 또렷이 떠올랐습니다. 날이 저물었고, 우리 세 사람은 오두막 안에 앉아 있었습니다. 빗줄기가 지붕 위에서 비명을 지르고 거센 바람에 나뭇가지들이 마구 부러졌지요. 숲에서는 짐승의 날카로운 외침도 들려왔고요. 라콩브는 램프에 불을 켜놓고 도면 위로 몸을 굽힌 채 일하고 있었습니다. 사랑스러운 여인이 전축을 틀었습니다. 그녀가 제일 좋아하는, 예의 그 미남 가수의 노래를요. 파리, 난 널 사랑해, 사랑해, 사랑해…… 노래는 계속 울려 퍼졌습니다. 그 미남 가수는 이제 지지직거리는 잡음과 함께 거칠고 탁한 목소리로 힘겹게 노래를 부르고 있었습니다. 가시덤불 속에서 지낸 나날 때문에 젊은 가수의 목소리가 그렇게 변해버린 겁니다.

"파리," 사랑스러운 여인이 웅얼거렸습니다. "파리……"

그녀는 담배 끄트머리를 신경질적으로 씹어댔습니다. 그녀가 그렇게 슬프고 불안해하는 모습을 본 건 처음이었습니다.

"장, 우리 언제 떠나?"

"글쎄, 딱 잘라 말하긴 어려워. 작업이 너무 지체되고 있거든. 우리의……"

그 순간, 귀를 멍하게 만드는 굉음이 그의 말을 중단시켰습니다. 뭔가가 부서지면서 무너져 내리는 소리. 나는 그게 무슨 소린지 단번에 알아차렸습니다. 이전에도 똑같은 소리를 두 번씩이나 들었으니까요.

"다리!"

라콩브가 갑자기 벌떡 일어서더니 밖으로 뛰쳐나가 어둠 속으로 사라졌습니다.

"중위님! 무슨 일이에요?"

사랑스러운 여인이 새하얗게 질린 얼굴로 내게 바짝 다가섰습니다.

"별것 아닙니다. 걱정하지 마세요……"

하지만 갑작스럽게 터져 나오는 비명, 총소리…… 한순간의 침묵. 그리고 나서 내가 이제껏 들어본 것 중에서 가장 끔찍한 울부짖음이 어둠 속에서 들려왔습니다. 그건 비웃음, 수백 명이 합창하듯 끝없이 터뜨리는 기괴한 웃음소리였습니다.

"장! 무서워!"

일그러지고 파랗게 질린 그녀의 얼굴이 바로 내 앞에 있었습니다. 그녀의 두 뺨 위로 눈물이 천천히 흘러내렸지만 나는 그 눈물을 닦아줄 시간이 없었습니다. 갑자기 문이 벌컥 열리더니, 두 남자가 오두막 안으로 뛰어들었거든요. 나는 재빨리 권총을 뽑아들고 그들을 향해 총구를 겨누었습니다. 그리고 방아쇠를 당기려는 순간, 그들이 당자르와 라리크라는 걸 알아보았습니다. 그들은 내가 오두막과 임시 막사 사이에 세워두었던 보초였습니다. 당자르의 힘없이 축 늘어진 팔 끝에서 피가 흘러내렸습니다. 오두막 바닥에 검붉은 피가 뚝뚝 떨어졌습니다. 열린 문으로는 비바람이 계속해서 몰아쳐 들어왔죠…… 나는 문을 닫고 빗장을 질렀습니다.

"라리크! 무슨 일이야, 말해!"

"무아 족이……"

"어서 말해!"

"임시 막사가 습격당했습니다…… 너무 순식간에 일어난 일이라 방어할 틈도 없었습니다. 당자르는 팔에 부상을……"

"그럼 다른 사람들은 어떻게 됐어? 다른 사람들! 강 건너편에 있는 사람들 말이야! 그들도 그 소리를 들었을 거 아니야! 제기랄, 어서 말해봐!"

"다리가 끊어져서……"

당자르는 더이상 버틸 힘이 없는지 의자에 털썩 주저앉았습니다. 바깥에서 들려오던 시끄러운 소리가 갑자기 잠잠해졌지만 뒤따른 침묵은 아까 전의 울부짖는 소리보다 훨씬 더 기분 나빴습니다. 그 침묵은 위험이 우리에게 더욱 가까이, 훨씬 더 위협적으로 다가왔다는 증거였습니다.

"기관총은?"

"빼앗겼습니다. 하지만 그들은 그걸 사용할 줄 모르니까, 어쨌든 무용지물일 겁니다. 그렇지만 소총은……"

칠흑 같은 밤의 어둠 속에서는 침묵만이 흐르고 있었습니다.

무아 족이 방향을 바꾸어 우리 쪽으로 다가오는 것일까? 그건 전혀 알 수 없는 일이었습니다.

"불을 꺼. 그리고 구석으로 가서 총을 들고 경계 태세를 취해."

방 안이 순식간에 깜깜해졌습니다.

"중위님……"

사랑스러운 여인의 목소리였습니다.

"저…… 담배를 피워도 될까요?"

"네."

그리고 다시 침묵이 이어졌습니다. 나는 다른 사람들, 강 건너 편에 있는 사람들을 생각했습니다. 그들도 그 울부짖음을 들었을까요? 하지만 다리가 끊어졌습니다. 카누도 없어졌고요! 늙은 추장의 모습이 내 머릿속에 다시 떠올랐습니다. 그의 야만스러운 얼굴, 흉측한 피부. 무아 족은 왜 총을 쏘지 않았을까요? 그들은 왜 즉시 우리를 공격하지 않았던 걸까요?

"당자르!"

"예, 대장님!"

"사망자가 있나?"

"모르겠습니다, 대장님. 제 생각엔 없는 것 같습니다. 무아 족은 사람을 단번에 죽이지 않으니까요. 그들은 천천히, 고문을 하면서 죽이는 걸 더 좋아합니다."

그는 사랑스러운 여인이 옆에 있다는 걸 깜빡 잊어버렸던 것일까요? 그 여자는 침묵하고 있었습니다. 깜깜한 어둠 때문에 그녀에게서 보이는 거라고는 빨간 담뱃불뿐이었습니다. 그녀는 문 옆에 있었습니다. 그 오두막에는 문이 두 개 있었습니다. 하나는 앞문이었고 다른 하나는 강 쪽을 향해 난 뒷문이었죠.

"무섭습니까?"

"아뇨."

하지만 그녀의 목소리는 말과는 달리 떨리고 있었습니다.

"저는 장이 걱정될 뿐이에요. 그리고 다른 사람들도…… 사실이에요, 저 사람이 방금 말한 게?"

"아니, 그렇지 않습니다!"

앞쪽 문에서 무언가가 문을 긁는 소리가 들렸습니다.

"누구야?"

대답이 없었습니다. 들리는 거라고는 지붕을 때리는 빗소리와 숲에서 간헐적으로 들려오는 찢어지는 듯한 짧은 울부짖음뿐이었습니다. 그리고 또다시 문을 긁어대는 소리가 들려왔습니다.

"누구야? 대답해!"

"나, 투."

통역이었습니다…… 문을 열자 사람의 형체가 안으로 미끄러지듯 들어왔습니다.

"나, 대추장이 보냈다……"

그는 두려움 때문에 목이 잠겨 제대로 목소리가 나오지 않았습니다. 아마도 총알 세례를 받을 거라고 예상한 듯했습니다. 모습이 보이지는 않았지만, 나는 목소리가 들려오는 쪽으로 손을 뻗어 그의 어깨를 움켜잡았습니다. 그의 어깨는 부들부들 떨리고 있었습니다.

"대추장이 말한다, 대추장은 포로들을 죽이지 않는다……"

포로들? 희망이 있었습니다.

"대추장은 모두 풀어준다. 하나만 원한다……"

"뭐라고? 뭘? 누구를?"

"그 여자."

오두막 안은 쥐죽은 듯 고요했습니다. 작고 빨간 점은 더이상 움직이지 않았습니다. 내 손아귀에 잡혀 있는 맨살의 어깨는 여전히 떨고 있었습니다. 그 남자는 자기 의지와는 달리 두려움을 드러내고 있었습니다.

"너, 대추장에게 전하라, 그럴 수는 없다."

그가 추장에게 그 말을 전하기 위해 즉시 오두막에서 나갔을까요? 아니, 그 어깨는 달아나려 하지 않았습니다.

"그 여자가 대추장의 아내를 죽였다."

"뭐라고?"

"너, 빨리 결정하라, 아주 빨리. 안 그러면 대추장이 포로들을 고문한다."

이번에는 빨간 점이 바르르 떨렸습니다. 맨살의 어깨가 내 손아귀에서 빠져나가려고 애썼습니다. 그를 보내줘야 할까?

"나, 다시 온다."

문을 열자 그 그림자는 미끄러지듯 밖으로 빠져나갔습니다. 지붕을 때리는 단조로운 빗소리가 끊임없이 들려왔습니다.

"중위님……"

"네! 당신은 왜 이런 일이 벌어졌는지 알고 있는 것 같군요. 그들이 왜 당신을 원하는 겁니까?"

빨간 점이 다가왔습니다. 사랑스러운 여인은 이제 바로 내 앞에 있었습니다.

"중위님, 고백할 게 있어요. 오늘 아침 그 마을에서…… 중위님이 추장을 만나는 동안……"

"만나는 동안?"

"저는 무아 족의 오두막 안을 구경하고 싶었어요. 그래서 어떤 오두막 안으로 들어갔는데, 거기서 죽어가는 여자를 우연히 보게 되었어요. 늙은 마녀들이 그 여자를 둘러싸고 있었지요. 하지만 죽어가던 그 여자가 추장의 아내였다는 건 지금에야 알았어요."

"그래서요?"

"그래서 그 여자가 너무도 고통스럽게 신음하길래 제가 진통
제 한 알을 줬어요. 저는 늘 진통제를 갖고 다니거든요. 하지만
그 여자는 그걸 삼키지 못했어요. 삼키기도 전에 갑자기 온몸이
뻣뻣해지더니 그대로 숨이 끊어지고 말았으니까요……"

침묵이 흘렀습니다. 그녀가 말하는 동안, 그녀의 숨결이 내 얼
굴에 느껴졌습니다.

"그러자 늙은 여자들이 나를 할퀴고 때리면서 밖으로 쫓아냈
어요. 그 여자들이 추장에게 말했을 거예요. 내가 추장의 아내에
게 독약을 먹여 죽였다고."

또다시 침묵이 흘렀습니다.

"끔찍해요!"

"자, 자, 울지 마세요."

"난 울지 않아요. 가엾은 장! 그들이 장을 고문할 거예요. 다
른 사람들도. 중위님……"

"네?"

"나 때문에 싸웠던 그 두 사람도 포로로 잡혔나요?"

"글쎄요. 아마도 그럴 겁니다."

빨간 점이 내게서 멀어졌습니다. 누군가의 손이 내 어깨를 잡

았습니다.

"목을 축일 만한 게 없을까요, 대장님?"

그 목소리의 주인은 당자르였습니다.

"서 있기조차 힘이 듭니다!"

"저기 벽 아래 구석에 있는 궤짝을 열어봐. 술이 몇 병 들어 있을 거야……"

내가 얼마 동안이나 그렇게 깜깜한 어둠 속에서 문에 귀를 바짝 갖다댄 채 꼼짝도 하지 않고 있었을까요? 선생, 얼마 동안인지 말할 수가 없군요. 십오 분? 한 시간? 아니면 그보다 훨씬 더 오랜 시간이었는지도 모릅니다. 그동안 계속 나뭇가지 부러지는 소리와 지붕 위의 빗소리만 들렸습니다. 숲에서 들려오는 희미한 소리들. 긴장 상태가 오래 지속되자 내 신경은 한계에 도달했습니다. 불안한 이 상황을 더이상 견뎌낼 수 없어, 결국 나는 바깥의 어둠 속으로 뛰어들 준비를 했습니다. 바로 그때 다시 문을 긁는 소리가 들려왔습니다. 문을 열자 비가 내 얼굴을 덮쳤습니다……

"대추장이 말한다. 그는 고문을 시작한……" 나는 그가 말을 끝마치도록 내버려두지 않았습니다. 권총을 치켜들고 방아쇠를 당겼지요. 한 번, 또 한 번, 그리고 다시 한 번. 바로 그 순간 어둠 속에서 또다시 울부짖는 소리가 들려왔습니다. 하지만 이번에 들려온 소리는 조금 전처럼 무시무시한 지옥의 합창이 아니었습니다. 그건 각기 따로따로 질러대는 소리, 날카롭고 조화롭지 않은 노래, 야만적인 기쁨의 외침이었습니다. 그리고 그 소리는 빠르게 멀어졌습니다. 나는 권총을 든 팔을 축 늘어뜨린 채 얼어붙은 듯 서 있었습니다. 그 소리는 점점 더 멀어지더니 마침내 희미하게 사라져버리고 주위에는 침묵이 흘렀습니다. 나는 앞으로 한 발 내딛다가 투의 시체에 걸려 앞으로 고꾸라질 뻔했습니다. 그는 허리가 뒤틀린 채 내 발치에 쓰러져 있었습니다. 나는 차분히 생각하려 애썼습니다. 무아 족은 달아났습니다. 그들은 포로들을 처형했을까요? 아니! 만약 그랬다면 신음과 비명 소리가 들려왔을 겁니다. 그런데 승리감으로 가득 찬 그 야만적인 기쁨의 함성은 무엇이었을까요? 나는 오두막 안으로 되돌아왔습니다.

"무아 족이 떠났습니다……"

그때 갑자기, 끔찍한 의혹이 나를 사로잡았습니다. 나는 즉시 어둠 속으로 팔을 뻗고 더듬었습니다……

"시몬, 어디 있어요? 시몬, 대답해요! 시몬!"

떨리는 내 두 손이 램프에 가 닿았습니다. 나는 불을 켰습니다. 당자르는 의자에 앉아 있었고, 라리크는 벽에 등을 기대고 서 있었습니다. 하지만 그 사랑스러운 여인은 이미 사라지고 없었습니다. 강을 향해 난 문은 열려 있었고, 세찬 비바람에 삐걱거리는 소리를 내면서 계속 여닫혔습니다. 나는 밖으로 뛰쳐나갔어요. 하염없이 울부짖으면서, 내가 지금 뭘 하고 있는지 거의 의식하지도 못하면서…… 임시 막사 근처에 도착한 나는 누군가의 몸에 부딪쳐 비틀거렸습니다. 라콩브였습니다. 나는 그의 몸에 칭칭 감겨 있는 밧줄을 잘랐습니다.

"시몬은?" 그가 물었습니다.

나는 아무 대답도 하지 않고 가시덤불 속으로 달려갔습니다. 숲 속의 날카로운 나뭇가지들이 내 몸을 마구 찔러댔지만, 나는 고통을 느끼지 못했습니다. 억수같이 쏟아지는 비 때문에 온몸이 흠뻑 젖었지만, 그걸 알아차리지도 못했습니다. 나는 완전히 얼이 빠진 채 오랫동안 어둠 속을 정신없이 헤매고 다녔습니다. 그리고 어떤 기적에 의해서인지 모르겠지만 캠프로 되돌아오게 됐지요. 제일 처음 오두막의 불빛이 눈에 들어왔습니다. 그러고 나서 전축에서 울려 퍼지는 노랫소리를 들었습니다.

파리, 난 널 사랑해, 사랑해, 사랑해……

라리크와 당자르는 완전히 취해서 의자에 쓰러져 있었습니다.

"라콩브는? 라콩브는 어디 있지?"

당자르가 몸을 일으켜보려고 애를 썼습니다.

"조금 전에 여기 왔었습니다, 대장님. 자기 아내를 찾고 있었어요."

나는 쓰러지지 않으려고 온 힘을 다해 테이블을 꽉 붙들었습니다.

"자네…… 말했나?"

"네, 말했습니다. 그 부인이 떠났다고. 그를 구하려고, 그와 그의 친구들을 구하려고 떠났다고 말했죠. 무아 족이 그녀를 데려갔다고. 그리고 바로 그것 때문에 내가 이렇게 엉망으로 술에 취한 거라고……"

그는 말을 멈추고 고개를 흔들었습니다.

"그래서?" 나는 속삭이듯 말했습니다.

"그가 갑자기 내 권총을 빼앗아 들고 나가……"

그 순간, 밖에서 한 발의 총성이 울려 퍼졌습니다. 당자르와 라리크는 소스라쳐 놀랐습니다. 전축의 노랫소리는 비극적인 최후의 날카로운 비명과 함께 질식사하고 말았습니다.

그리스 사람

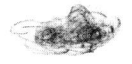

Le Grec

◆ 영어로 쓰인 미발표 원고.

1

그는 한 섬에서 한두 달 이상은 절대로 머물지 않았다. 한두 달이라는 기간은 그 좁은 지역에 살고 있는 사람들이 그에 대해 너무 많은 것을 알게 되기 전에 그가 그 장소에 익숙해질 수 있는, 딱 그만큼의 기간이었다. 어느 날 어떤 멍청이가 그에게 "어이 애송이, 자넨 도대체 뭘 해서 먹고사나?"라고 물어오면, 그는 이제 더이상 꾸물거리지 말고 떠나야 할 때가 되었다는 걸 알았다. 게다가 뭘 해서 먹고사냐니? 그건 정말 어이없는 질문이다. 당신도 그런 질문을 받아본 적이 있는가? 그건 살아 있다는 사실 하나만으로는 충분하지 않다는 것을 실감하게 하는 질문이다. 그 질문은 삶 자체를 하찮은 것으로 만든다. 만약 이렇게 말하는 게 가능하다면, 그 질문은 삶을 부차적인 것으로 밀어낸다. 살아 있다는 것만으로는 충분하지 않다는 듯이. 또다른 공물을 지불해야 한다는 듯이. "그러니까, 음…… 저에게는 캘리포니아에 숙모가 한 분 계십니다." 그는 습관처럼 그렇게 대답하곤 했다. 그것은 사실이었다. 그 숙모가 일흔다섯이라는 나이에 몇 푼 되지 않는 연금으로 살아가고 있으며, 그래서 그가 수영선수를 좋아하는 숙모에게 일 년에 한두 번 약간의 돈을 부쳐준다는 것만 빼면 말이다. 일흔다섯이라는 나이는 그렇게 끔찍한 나이가 아니며, 숙모가 백 살까지 건강하게 살기를 그는 간절히 바랐다. 그는 저기 저 북쪽, 스키아토스*에 있는 어떤 영국인의 별장에서 정말 멋지게 한 건 올렸다. 드로너 씨는 루브르 박물관에 소장되어 있는 것들을 제외한다면, 현존하는 수메르 유물 중에서 그게 가장 아름다운 소품일 거라고 그에게 말했다. 드로너 씨는 슬프고도 의미심장한 눈빛으로 그를 바라보면서, 이제는 빌리에게도 익숙해진 장례식 추도문을 읊는 것 같은 목소리로 "물론 그걸 누군가에게 되파는 건 거의 불가능하지"라고 덧붙였다. 그러고 나서 그는 빌리에게 이천 달러를 건네주었다. 빌리는 자

---

*그리스의 섬 이름.

기가 속고 있다는 걸 알았다. 하지만 최상류층 인사들과 친분을 가지고 그들의 사교계에 자유로이 드나들 수 있는 인물이 아니고서는, 전 세계의 골동품 전문가들에게 이미 알려져 있는 진귀한 고고학 유물을 팔 방법이 없었다. 드로너 씨는 브라질의 모든 백만장자, 아랍에미리트의 모든 세력가, 일본의 모든 미술 애호가, 홍콩의 모든 은행가와 교분이 있었고, 다른 루트로는 도저히 손에 넣을 수 없는 진귀한 미술품을 그들에게 제공할 수 있는 모든 수단을 가지고 있었다. 그 사람들은 아름다운 것, 예술을 위한 예술이라고 부르기에 합당한 것을 진정으로 사랑하는 사람들이었다. 니콜라스 아서 말도무르 드로너 씨는 많은 책에서 항상 거론되는 그 '신비로운 동양인'*과 아주 닮은 유형의 영국인으로, 고상하고 기품이 넘치는 인물이었다. 그는 아테네의 한 대리석 저택에서 살았는데, 그 집 테라스에서 아크로폴리스가 훤히 내려다보였다. 그는 '나르시스'라고 이름 붙인 검은색 요트를 타고 에게 해를 누비고 다녔다. 그 요트는 그리스의 선박왕 니아르코스의 그 유명한 '크레올'보다 훨씬 더 크고 호화로웠다. 그러므로 정말 머리가 돌지 않고서는 그에게 "당신은 뭘 해서 먹고사는 사람이오?"라고 감히 물어볼 수 없었다. 예순을 바라보

---

* 칭기즈칸을 가리킨다.

는 그는 긴 목에 달린 머리 때문에 등껍질을 잃어버린 거북이 같은 인상을 풍겼다. 하지만 무엇보다 주목할 만한 것은 그의 미소였다. 그의 미소에는 절대적인 영원성 같은 것이 깃들어 있었다. 그리고 빌리가 만났던 모든 사람 중에서 드로너 씨는 언제 어떤 상황에서든 결코 미소를 잃지 않는 유일한 사람이었다. 심지어 뭔가 언짢은 말을 하거나 화를 내고 있을 때조차 그의 얼굴에선 미소가 사라지지 않았다. 그래서 고고학과 왕실 조각품과 신에 관해 웬만큼 정통해지기 시작하던 빌리는, 어떤 조각상의 입술에서 보았던 것과 똑같은 그의 미소가 그에게 행운과 부를 안겨다주는 거라고 종종 생각하곤 했다. 그 조각상은 바로 스페차이*의 휴스턴 파울러 대령 집에 있던, 17세기에 제작된 불상이었다. 드로너 씨는 빌리에게 그 불상은 이미 많이 훼손된 것이라고 단언하곤 했다. 게다가 그 영국인은 지난 수세기, 특히 기독교 이전 시대에 대해 말할 때면 독특한 방식으로 이야기를 전개하곤 했다. 그가 그 시대에 관해 이야기하는 것을 듣고 있으면 마치 직접 체험한 이야기를 들려 주는 듯한 느낌이 들었다. 투탕카멘이 아직 엄지손가락을 빨고 있을 때나 트로이의 헬레나가 목걸이를 걸고 있을 때 그도 그 현장에 있었던 게 아닌가 하는 느

---

* 그리스의 섬 이름.

낌. 하기야 정말로 그는 그 모든 것을 직접 보고 들었는지도 몰랐다. 누가 그걸 부인할 수 있겠는가? 신화적인 인물, 그는 바로 그런 사람이었으니까. 어쨌든 한 인간이 오천 년이라는 기나긴 역사를 몸으로 직접 체험하면서 살아남았다고 한다면, 그 사람은 사기꾼일 수밖에 없을 것이다. 그렇다면 드로너 씨야말로 틀림없는 사기꾼이었다. 그것도 우리가 상상할 수 있는 사기꾼 중에서 가장 위대한 사기꾼, 절대로 들통나지 않는 사기꾼. 사람들은 바로 그런 것을 '진짜'라고 부른다. 그의 코는 거만하게 휘어졌고, 콧구멍은 지나치게 컸다. 그보다 신분이 낮은 사람이나 더 평범한 사람이 그런 코를 가졌다면, 아마도 사람들은 매부리코라고 말했을 것이다. 하지만 그의 코를 보고는 '귀족적'이라고 생각했다. 그의 짙은 푸른색 눈은 그를 아주 온화한 사람으로 보이게 만들었다. 그의 얼굴은 자기 자신이나 세상과 조화를 이루며 평화롭게 살아가는 사람에게서 볼 수 있는, 느긋하고 안온한 분위기를 풍겼다. 그는 아무리 사소한 기회라도 절대로 놓치는 법이 없었다. 물론 빌리는 별것 아닌 것에도 쉽게 감동하는 성격이긴 했지만, 판단력만큼은 누구보다 뛰어났다. 따라서 니콜라스 아서 말도무르 드로너 씨에 대한 빌리의 판단은 대단히 정확했다. 드로너 씨는 유전이나 출생 배경 같은 단순한 조건만으로 어떤 부류의 인간이라고 쉽게 단정지을 수 없는 인물이었다. 그

비열한 작자는 자기 자신을 완전히 재창조해냈다. 그의 표정 하나하나와 미소, 느릿한 제스처, 세월을 초월한 것 같은 체격과 외모, 그리고 특별하면서도 소탈한 목소리까지, 모든 것이 그가 치밀하게 연구하고 갈고닦아 만든 노력의 산물이었다. 그의 아내는 젊은 나이에 과부가 된 여자로 전 남편은 1944년 히틀러 암살 사건에 연루되어 교수형을 당한 독일 장군이었다. 그녀는 드로너 씨보다 스무 살이나 어렸다. 하지만 그녀 역시 나름대로 완벽하게 두드러지는 인물이었다. 그녀의 얼굴에는 뭔가 특별한 아름다움이 깃들어 있었고, 마흔 줄에 접어든 나이이긴 했지만 가냘프면서도 탄력이 넘치는 그녀의 몸은 아직도 남자들의 욕망을 불러일으키기에 충분했다.

무엇보다도 놀라운 점은, 그녀가 자기 남편과 똑같은 미소를 지을 줄 안다는 것이었다. 두 사람은 마치 다른 사람들은 모르는 한없이 만족스러운 어떤 비밀이나 지식을 공유하고 있는 것 같은 인상, 그리고 '상류사회 인사들' 뿐만 아니라 삶과 죽음의 내면적 신비와도 직접 교류하고 있는 것 같은 분위기를 풍겼다. 그녀는 거리에서 흔히 볼 수 있는, 검고 누르스름한 데다 여기저기 물리고 얻어맞은 상처가 덕지덕지한 아주 작고 어린 암컷 똥개한 마리와 한 무리의 푸들을 늘 데리고 다녔다. 사람들은 거리에 굴러다니던 그 똥개가 무슨 수를 써서 순수한 혈통의 푸들 무리

가운데 받아들여질 수 있었는지 궁금해했다. 드로너 부인은 태양이 작열하고 바람이 불던 어느 날, 미코노스 섬에서 빌리를 발견했다. 그리고 작은 만과 인적 없는 해변에서 며칠 밤을 보낸 후 빌리를 '나르시스' 호로 데려갔다. 그때 빌리는 그 노란 뚜껑가 푸들 한가운데 처음 초대되었을 때 느꼈음 직한 그런 기분을 느꼈다. 드로너 씨는 빌리를 만나게 되어 정말로 기쁘고, 그동안 빌리에 대한 이야기를 자주 들었으며, 자기는 언제나 수영선수에게 특별한 관심을 갖고 있다고 말했다. 빌리가 자신의 영광스러웠던 과거를 기억하며 이야기해주는 사람을 만난 건 몇 년 만에 처음이었다. 골든 혼 횡단, 카탈리나 해협 횡단, 칼레에서 도버까지 사십 킬로미터 왕복 횡단…… 그런 얘기들을 하고 난 후 드로너 씨는 보일 듯 말 듯 어색한 표정을 지으면서 목소리를 가다듬기 위해 헛기침을 했다. 빌리는 그의 그런 행동을 보고 그가 지금 무슨 생각을 하는지 짐작할 수 있었다. 그토록 오랫동안 젊음과 아름다움과 아메리칸드림을 구현해온 한 젊은이의 인생에 갑자기 끼어든 마약과 밀수 사건을 괜히 언급해서 〈로스앤젤레스 타임스〉에 쓰여 있던 것처럼 '금메달리스트의 서글픈 몰락'이라는 아픈 상처를 건드리는 불상사가 일어나지 않도록 화제를 유연하게 피해가려는 게 틀림없었다. 그 시절, 빌리는 히드라 항구에 정박해 있는 요트들의 선상파티에 불려다니면서 기타를 연주하고 받은 돈으로 근근이 살아갔다. 그때 드로너 씨에게 건네받은 오백 달러, 그리고 뒤이어 수없이 건네받은 돈. 그래서 빌리는 자기가 신에게 은밀하게 드렸던 기도에 어느 날 갑자기 악마가 나타나 대신 응답해준 것 같은 기분이 들었다. 빌리가 세번째로 요트를 찾아갔을 때, 드로너 씨는 조심스럽게 그 이야기를 꺼내려고 입을 열었다.

"당신은 신문을 읽지 않는 것 같군요?"

빌리는 웃음을 터뜨렸다.

"가령 여기 이 히드라에서…… 다른 곳도 아닌 반 후흐트 별장에서 누군가가 세 개의 미노아 화병을 감쪽같이 훔쳐갔다고 생각해보세요. 그건 정말 놀라운 일이죠. 사방이 바다로 둘러싸여 있고, 험준한 암벽 위에 세워져 있을 뿐만 아니라 망루에서 철저히 감시하는 저택 중 하나에서 그런 일이 일어난 겁니다. 게다가 어떤 사람이 증언하기를, 그날 낚시하느라 그곳에서 밤을 꼬박 새웠는데, 그 근처로 지나간 배는 한 척도 없었다고 합니다. 따라서 우리는 이렇게 추리할 수밖에 없어요. 즉 누군가가 팔 킬로미터를 헤엄쳐 와서 암벽을 기어올라가 화병을 훔쳐낸 다음, 왔던 길로 되돌아갔다. 그러니까 그 누군가는 도합 십육 킬로미터를 헤엄친 겁니다. 그건 거의 불가능한 일이에요. 어딘가에서 배가 그를 기다리고 있지 않는 한…… 그런데 당신도 알

다시피, 그러니까 내 말은, 만약 당신이 이 섬에 대해 잘 알고 있다면 말입니다. 이 섬으로 들어오는 수로는 아주 좁습니다. 게다가 그 유명한 암초들이 바다 밑에 쫙 깔려 있지요. 여기에 멋모르고 들어왔다가 암초에 걸려 산산조각이 난 배들의 잔해도…… 지난해에는 거기서 아시리아 갤리선의 잔해가 발견되었지요…… 따라서 그 도둑은 헤엄을 쳐 이 섬에 들어왔다가 다시 헤엄을 쳐서 달아났다고 볼 수밖에 없습니다……"

드로너 씨는 갓 구운 하얀 빵 한 조각을 들어 화려한 반지를 낀 가느다란 손가락으로 잘랐다. 빌리는 덜컥 겁이 났다. 입에 넣은 바닷가재 조각이 목구멍에 걸렸다.

"내 생각엔 그 물건들을 돌려주는 편이 나을 것 같은데요." 드로너 씨가 부드럽게 말했다. "부디 그 물건들이 무사했으면 좋겠군요. 나는 그 물건들이 말썽 없이 내 친구인 휴스턴 파울러 대령에게로 되돌아갈 수 있도록 일을 처리해줄 수 있습니다. 물론 당신이 한 일은 아무나 흉내낼 수 있는 일이 아니었어요. 시시한 스포츠와는 차원이 다른 엄청난 위업이라고 할 수 있지요. 그래서 당신에게 그에 상응하는 보상을 해줄 생각입니다. 삼천 달러, 어떻습니까?"

"바닷가재 좀더 드시지요." 드로너 부인이 상냥하게 말했다.

모든 것은 바로 그렇게 시작되었다.

사람들은 그를 '애송이'라고 불렀다.

카라주글루는 머리끝부터 발끝까지 온몸이 지방덩어리이다. 그래서 그가 느릿느릿 걸어다닐 때면, 체내에서 순환하는 호르몬이 일으킨 진정한 재앙과도 같은 그의 거대한 젖가슴이 셔츠 속에서 덜렁덜렁 요동을 친다. 만약 환관이 생식 능력을 회복한다면 바로 그런 모습일 것이다. 그는 정성스럽게 포마드를 바른 검은 콧수염과 굵은 시가로 자신이 남성이라는 것을 표시한다. 특히 시가는 그의 얼굴에서 잠시도 떨어지지 않는다. 그건 영원히 그의 얼굴 한가운데에 자랑스럽게 발기하고픈 꿈을 나타내는 비장한 전시물처럼 붙박여 있다. 그의 눈은 슬프다. 그 눈을 자세히 들여다보면, 꼬리를 물고 밀려드는 관광객에게 몸을 내맡기고 있는 그의 아내가 보이는 듯하다. 사람들이 싱긋 웃으면 글루 글루(우리는 그를 이름 대신 '글루 글루'라고 부른다)는 괴로운 표정을 짓는다. 관광객이 아내 위에 올라타는 장면을 남들에게 보이지 않기 위해 그는 눈을 감는다.

그가 틈만 나면 신이 나서 떠들어대는 이야기가 있는데, 바로 해적과 강간, 밀수 이야기와 전쟁 중에 독일군과 맞서 싸운 이야기다. 한번은 독일군 보초를 자기 손으로 목 졸라 죽인 적도 있다고 한다. 그는 당시 상황을 재현하기 위해 통통하고 짧은 두 팔을 쳐들고는 눈알을 굴리면서 콧수염을 추켜올렸다(그 시절

에 그는 깡마르고 힘도 좋은 레지스탕스 영웅이었다). 그 영웅
적인 행동을 재현하는 그의 작고 포동포동한 손을 보면 우리는
그 독일군이 간지럼을 타면서 키득키득 웃어대는 소리가 들리는
것 같았다. 카라주글루는 터키인이고 카라임 종파*이다. 그의
침대 위쪽에는 18세기의 유명한 해적인 바르베루스 형제가 불
길에 휩싸인 선박 가운데 한 배의 갑판 위에 서 있는 장면을 묘
사한 오래된 판화가 걸려 있다.

카라주글루는 방이 열 개 있는 하숙집을 운영하고 있다. 그 하
숙집은 '거만한 물고기'라는 이름으로 불리는데, 왜 그런 이름
을 갖게 되었는지는 주인인 카라주글루조차 제대로 설명하지 못
한다. 아마도 영국인과 터키인 간의 어떤 몰이해에서 비롯된 이
름인 듯하다. 왜냐하면 하숙집 창문에 그려진 푸른색과 황갈색
모자이크는 물고기가 아니라 성모 마리아의 얼굴이기 때문이다.
게다가 그 모자이크는 전체적으로 아주 혼란스러워서 거의 신비
로운 분위기를 풍긴다. 이 모자이크의 미스터리에 대해 궁금해
하는 사람은, 왜 이 이야기가 성서에서 삭제되었는지, 성모 마리
아와 물고기 사이에 정확히 무슨 일이 있었던 건지도 궁금해할
것이다. 어쨌든 뭔가 깊이 생각해볼 거리가 있다는 것과 아직도

---

* 유대교 종파 중 하나.

문제를 제기할 수 있다는 건 바람직한 일이다. 전설적인 사기꾼이자 야바위꾼인 베르코비츠. 이천 년 전부터 아무도 그 존재를 믿지 않았다는 점에서 완전히 새롭고 고결한 예수 그리스도 같은 인물. 세상이 타락하고 절망적으로 보일 때 사람들이 그 이름을 중얼거리게 되는 그런 인물 중 하나인 위대한 베르코비츠는 말했다. 인간은 놀라움이라는 감정을 간직하는 한 언제나 웃을 수 있다고. 웃음, 그것은 그 대가로 고통을 치를 만한 가치가 있는 유일한 것이다. 그리고 우리가 세상을 보면서 웃을 수 있는 한, 우리에게는 아직 기회가 있다.

그 발코니는 바다 위쪽으로 돌출되어 있다. 그리고 하늘 위에서 태양이 사람들을 지글지글 구울 정도로 잔혹한 열기를 뿜어댄다 해도 발밑의 땅은 언제나 서늘하다. 카이크*라고 불리는 고기잡이배들이 마치 꿀을 찾는 붉은 나비처럼 석양 속에 모여든다. 이곳 바다에서 흔히 볼 수 있는 모든 물고기를 어마어마하게 큰 낡은 어망으로 잡기 위해, 이런 표현을 써도 된다면 게걸스럽게 삼키기 위해 이를 활짝 드러내고 있는 열다섯 척, 스무 척의 배. 그것들은 '포파스'든 '다모스'든, 어떤 이름을 갖고 있든 하나같이 바하칼리포르니아**의 매춘부들을 닮았다. 해질 녘

---

* 에게 해와 보스포루스 해협에서 사용되는, 선수와 선미가 뾰족하고 좁은 작은 어선.

바다는 짙은 보랏빛이 되었다가 선명한 적색으로 변한다. 그리고 배들은 서로 바짝 다가서서 뱃머리끼리 가볍게 입을 맞춘다. 그 모습은 마치 자신들이 잡아올린 물고기를 커다란 접시에 담아놓고 한꺼번에 그 접시에 코를 처박고 조금씩 부리로 쪼아 먹는 것처럼 보인다. 아시아에서 발생한 보라색 날개를 단 폭풍우가 몰려와 하늘에 매달린다. 폭풍우는 하늘에서 길을 잃은 듯한 천둥 번개를 땅에 내리친다. 그러다가 갑자기 태양이 빨갛게 농익은 토마토처럼 물컹물컹해지면서 자신의 무게를 주체하지 못해 몸을 질질 끌며 사라진다. 그 섬에는 그리스 정교 교회가 삼백 개도 넘는다. 지금은 그 교회들이 노래하는 소리가 들릴 시간이다. 사실 교회들이 노래하는 게 아니라 그 안에 있는 그리스 사람들이 노래하는 소리다. 그런데 내 생각을 말하자면, 이렇게 작은 섬에 교회가 삼백 개나 있을 필요가 전혀 없다. 사실 이 정도 크기의 섬이라면 교회는 하나만으로도 충분할 것이다.

그리스. 신화는 바로 그곳에서부터 출발한다. 결코 존재하지 않았던 왕들. 자기들끼리 아주 복잡하게 얽힌 혈연관계를 만든 것 이외에는 아무것도 창조하지 않았고 아무 일도 한 적이 없는 신들. 그 모든 건 단지 대리석 조각에 지나지 않는다. 몇 장의 그

** 멕시코 북서부에 있는 주.

림엽서로도 남아 있긴 하지만. 그리스 관광 가이드들은 아무것도 아닌 돌 한 조각을 보여주면서도 마치 실재했던 신들의 세계가 남긴 유물인 것처럼 말한다. 빌의 눈에는 그 모든 게 솔로몬 왕의 미나*로 보였다. 당신이 만나는 그리스인은 하나같이 민주주의를 만든 건 바로 자기들이라고 말할 것이다. 그건 아마도 사실일 것이다. 하지만 분명한 건, 그들은 이제 민주주의에 대한 자격증을 잃었다는 것이다.

카라주글루 부인은 자신을 고대 그리스의 '사랑의 여신'이라고 생각했다. 하지만 그런 명성을 지켜나가야 한다고 생각하는 여자가 변변한 남자라고는 한두 명 있을까 말까 한 작은 섬에 산다는 건 전혀 어울리지 않는 일이었다. 어쨌든 그녀는 빌이 이제까지 살을 섞어본 모든 여자보다 풍만하고 아름다운 엉덩이와 가슴을 가졌다. 그녀는 남자와 마음껏 누워 뒹구는 게 그리스 신화에서 말하는 열정이라고 생각했다. 구십 킬로그램이나 나가는 엄청난 살덩어리, 헝클어진 머리칼, 파도처럼 출렁이는 뱃살. 남자들은 어느 순간 그녀의 몸안에 넣은 자기 물건을 영영 되찾을 수 없는 건 아닌지 정말로 궁금해하며 불안해하기 시작했다. 더군다나 그녀는 남자의 입에 자신의 젖가슴을 쑤셔넣는 버릇이

---

* 고대 그리스의 화폐.

174

있었다. 그 그리스 여신이 하늘 높은 곳에서 남자를 내려다보면서 "좋지, 아가야? 좋아?"라는 말을 되풀이하는 동안 남자는 입 안 가득 그녀의 젖가슴을 물고 꼼짝달싹하지 못한 채 누워 있어야만 했다.

"좋지, 아가야? 좋아?"

"⋯⋯음음음." 상대방 남자는 젖가슴에 짓눌린 입으로 그렇게 대답하고 나서 잠시 후, 아주 커다란 진짜 미국식 등심 스테이크를 떠올리면서 침을 흘리기 시작했다. 왜냐하면 그리스에는 제대로 된 스테이크가 눈을 씻고 찾아봐도 없다고 말할 수밖에 없기 때문이다. 사실 그리스는 소고기가 아닌 양고기의 천국이니까.

작고 나지막한 두 교회와 함께, 포도나무 줄기가 줄무늬처럼 뒤덮고 있는 하얀 벽들 사이로 난 좁은 길의 끝에는 푸른 하늘이 가득 펼쳐져 있고, 거기서부터 길은 바다 쪽으로 가파르게 내려가고, 그곳에서 항구가 시작되었다. 또다른 쪽에는 풍차가 있었다. 항구와 풍차 사이에는 범선이 있었고, 도기나 해면을 가득 실은 채 포석 위를 따가닥따가닥 발굽을 울리며 지나가는 당나귀들이 있었다. 집집마다 창턱에는 말리려고 내놓은 어망이 걸려 있었고, 이따금 어망에 걸려 있던 작은 게가 그 아래를 지나가던 행인의 머리에 떨어져 집게발을 흔들거리곤 했다. 그러면 행인은 게를 소원대로 바다로 되돌려 보내주기 위해 물가로 데려갔다. 게에게는 교회가 없으니까 우리라도 게의 소원을 들어줘야 하는 것이다. 그곳은 막다른 골목이다. 하나는 바다를 향하고 다른 하나는 거리를 향해 난 두 개의 창문이 있는 그 방은 몇 시간이고 머물 수 있는 그런 장소였다. 당신에게 보급품이 남아 있는 한은. 또는 빌어먹을 작자 중 몇몇이 가파른 지붕 위로 힘겹게 올라가 연막탄이나 최루탄으로 당신을 몰아내려 하지 않는 한은.

그건 조만간 일어날 수밖에 없는 일이었다. 그건 달마다, 주마다, 또는 날마다 일어나는 일이었다. 조금이라도 확신을 갖고 있는 사람은 아무도 없었다. 대륙에서는 아직 전투가 일어나지 않았다. 아주 사소한 암살 사건 외에는. 책에 나오는 그런 사건, 예를 들어 백오십만 명의 생명을 앗아간 스페인 내란이 맨 처음 목에 총알을 맞고 죽은 마드리드의 칼보 소텔로 때문에 시작된 것처럼, '행동 개시'의 시발점이 되는 정치적 살인 같은 사건이 일어나고 있었을 뿐. 하지만 외국의 식민지, 특히 영국의 식민지들이 동요하면서 불안에 떠는 데에는 그만한 이유가 있었다. 지난 오십 년 동안 줄곧 역사와 함께 브리지 게임을 해온 사람들이 문제였다. 그동안 그들이 장악하고 있던 구세계는 무시무시할 정도로 빠르게 변화했고, 영국 왕실의 집사장들은 역사의 무대 뒤편으로 사라져갔다. 그들은 식민지 시대의 기이한 표본이었다. 그들 모두는 마치 방금 막 하나의 제국을 건설하거나 잃어버린 것 같았다. 영국인이 '지극히 관습적인 사람'처럼 보이거나 아니면 '전형적인 괴짜'처럼 보이는 그런 방식으로. 그래서 영국인은 어떤 행동을 해도 자신들이 원하는 결과를 얻을 수 있다. 그들이 덜 순응적으로 행동할수록 사람들은 그들을 더 '전형적'이라고 생각하기 때문이다. 영국인의 별장은 그 섬의 반대편에 있었다. 영국인의 별장이 항상 외따로 떨어진 곳에 있다는 것은 이미 잘 알려진 사실이다. 그 별장들이 있는 곳까지 가려면 하숙집에서 6.5킬로미터를 헤엄쳐 가야 했다. 빌리는 한밤중에 그곳까지 헤엄쳐 갔다. 파도는 거칠지 않았다. 유일한 위험은 캄캄한 밤중에 투명한 물속에서 헤엄치다가 해안에서 너무 멀어졌을 때 흔히 나타나는 현상, 즉 갑자기 다시는 육지로 되돌아가고 싶지 않다는 기분이 드는 것이었다. 하지만 이걸 기억해야 한다. 그런 기분이 드는 이유는 바다를 너무 사랑하는 사람들에게 바다가 장난을 치기 때문이라는 것을. 바다는 당신을 해안에서 점점 더 멀리 이끌고 간다. 그래서 당신이 세상에서 가장 뛰어난 수영선수라 해도, 문득 너무 멀리 왔다는 생각이 드는 순간이 온다. 그러면 당신은 별이 수놓인 하늘 아래에서 섬의 검은 그림자를 보기 위해 뒤를 돌아본다. 그 순간 당신은 웃지 않을 수 없다. 왜냐하면 해안으로 되돌아갈 가능성은 고사하고, 당신이 바라던 바로 그 궁지에 완벽하게 빠졌다는 사실을 알아차릴 것이기 때문이다. 수영꾼이라면 누구나 그런 경험을 한다. 그들 중 어떤 이들은 결코 돌아오지 않는다. 그건 자살과는 무관하다. 단지 바다와 별과 밤에 취해 계속 점점 더 멀리 헤엄쳐 나아가는 것일 뿐이다. 그렇게 나아가다가 갑자기 해안에서 십오 킬로미터도 넘게 떨어진 곳에서 물결을 따라 흘러가는 자신을 발견하게 된다. 빌리도 그런 경험을 한 적이 있었다. 한 번은 샌타바버라*의 먼 바다인 카탈리나 해협에서, 또 한 번은 스포라데스제도**의 스키아토스 섬에서였다. 하지만 두 번 다 지나가던 어선이 그를 구해줬다. 혼자 먼 바다로 헤엄쳐 나온 수영꾼을 찾아내는 게 어떤 건지 모르는 사람들은 그걸 '운'이라고 생각한다. 해안에서 멀리 떨어진 곳까지 헤엄쳐 나가본 적이 없는 사람, 정말로 멀리, 십이 킬로미터 정도까지 나가본 적이 없는 사람에게 이런 것들을 설명하는 건 불가능하다. 어쨌든 그렇게 해안에서 멀어지면, 자기 몸이 규칙적인 리듬을 잃어버린 것 같은 기분이 들면서 실체와 물질이 모두 사라지고, 자신에게 남은 건 오직 캄캄한 밤과 광대한 대양 위의 별, 그리고 그것들이 불러일으키는 일종의 불

---

* 미국 캘리포니아 주 남서부에 있는 도시.
** 에게 해에 있는 그리스령의 섬들.

멸성뿐이라는 느낌이 들기 시작한다.

　한때 그는 누구보다 더 오래 헤엄칠 수 있었다. 사람들은 그를 이집트인 알리 사예드와 경쟁을 붙였다. 두 사람은 도버 해협의 원초적인 거센 파도가 소용돌이치는 차가운 바다에서 백이십오 킬로미터를 헤엄쳐야 했다. 빌리는 이집트인보다 삼 킬로미터 앞서서 단단한 대지에 다시 발을 디뎠다. 저체온증을 방지하기 위해 몸에 바른 검은 기름을 뚝뚝 흘리면서. 알리 사예드는 해변에 주저앉아 울음을 터뜨렸다. 터키인은 짙은 콧수염을 기른 자기네 팀의 수영선수에게 빌리가 비참하게 패배하는 모습을 보기 위해 빌리에게 이스탄불까지 가는 여행경비를 대주었다. 하지만 다시 한번 빌리는 흑해에서 일등을 했고, 아르타에서도 우승했다. 그 우승이 그에게 이천 달러라는 돈을 안겨주었다. 빌리가 잠시 캘리포니아에 머물렀을 때 그곳 사람들은 그를 '황금 돌고래'라고 불렀다. 하지만 곧 전쟁이 터졌고, 그는 구아달 운하에서 목덜미에 총을 맞았다. 그 이후로 모든 게 끝났다. 아름다운 카누의 시대는 갔다. 그는 나쁜 친구들과 어울리면서 술과 담배에 절어 살았다. 그는 물에 젖지 않게 비닐로 꽁꽁 싸맨 이십 킬로그램의 인도 대마를 등에 짊어지고 바하칼리포르니아를 왕복으로 헤엄쳐 돌아왔지만, 물 위로 올라오는 즉시 체포되고 말았다.

그가 알고 있던 모든 그리스인은 그가 박물관의 대리석 조각상 받침돌에서 읽었던 이름들, 즉 피디아스, 아리스토텔레스, 소크라테스, 아폴론 같은 이름을 갖고 있었다. 소크라테스에게 치즈와 올리브 일 온스를 사서 아폴론과 함께 먹고, 디오니소스나 데모스테네스 같은 수염 난 어부들과 함께 레트시나* 한 병을 나눠 마실 수 있다는 건 즐거운 일이었다. 빌리는 그 이름들이 그리스 신이나 그리스에 민주주의를 세운 시조의 이름이라는 걸 전혀 몰랐지만 말이다. 그리스인은 언제나 둘 중 하나였다. 신 아니면 민주주의. 물론 지금 그들 대부분은 이것도 저것도 아니었다. 가장 아름다운 작품들은 미국 박물관에 있었고, 그 나라는 아테네의 대령들이 다스리고 있었다. 그리고 당신이 새벽잠이 없는 사람이라면, 때때로 둘씩 짝을 지은 경찰과 그 뒤를 조심스럽게 따라가는 민간인을 볼 수 있을 것이다. 정치에 불만을 품은 누군가의 집 앞에서 문을 두드리는 그들을. 하지만 관광객은 끊임없이 그 나라를 찾아왔다. 관광객을 막을 수 있는 건 장티푸스밖에 없었으니까. 그 섬에는 창백한 얼굴에 수염을 기르고 검은 옷을 입은 신부들이 곳곳에서 우글거렸다. 언덕 위의 수도원 겸 고아원 때문이었다. 커다란 은십자가를 목에 건 신부들은 모두

---

* 발효시 송진 몇 조각을 넣어 증류한 그리스 고유의 와인.

여자 역의 동성애자였다. 그리고 머리를 박박 민 고아원 아이들은 진저리나는, 아니 그보다 훨씬 더 끔찍한 생활을 했다. 그런데 아테네의 대령들이 마침내 그곳에 대한 소문을 듣게 되었다. 어느 날 트럭을 타고 온 군인들이 갑자기 들이닥쳐 신부 스물두 명을 체포했다. 그러자 기이한 광경이 펼쳐졌다. 그곳에 머물던 모든 영국과 독일의 남색가들 역시 그 섬을 떠난 것이다. 남색가들을 미어터질 듯 쑤셔넣은 한 척의 배, 그리고 갑판 위에 서서 벌벌 떨고 있는 그리스 선장. 사람들은 그것보다 더 괴상망측한 광경은 결코 본 적이 없었다.

신들은 떠났다. 민주주의 역시 떠났다. 하지만 선박왕들은 여전히 그곳에 있었고, 모두가 그들의 이름을 알았다. 폰 쿠를란트 남작, 그 섬에서 가장 아름답고 호화로운 저택을 소유한 그는 왠지 모르게 뱀 같은 느낌을 주는 엷은 미소를 띤 채—물론 뱀은 미소를 짓지 않지만—빌리에게 말했다.

"선박왕, 그리스 신화에서 남아 있는 건 이제 그들밖에 없어."

선주들의 이름은 니아르코스, 마브라레노, 암브리코스, 오나시스였다. 어느 날, 커다란 검은 범선 한 척이 항구에 들어왔다. 빌리는 그렇게 아름다운 배를 이제껏 한 번도 본 적이 없었다. 그래서 방파제에 하루 종일 쭈그리고 앉아 그 배를 넋놓고 쳐다보기까지 했다. 그 배는 마치 온갖 수단을 동원해 신비의 세계에서 방금 막 빠져나온 것처럼 보였고, 그래서 지극히 현실적인 우리의 세계가 아닌 자신만의 세계를 갖고 있다는 것을 충분히 느낄 수 있었다. 페트로라는 사내가 아랫배를 북북 긁으면서 빌리에게 다가와 그 옆에 앉았다. 페트로는 텁수룩한 머리와 언제나 레트시나에 푹 절어 있는 수염 때문에 담뱃불을 붙일 때면 짚단처럼 확 타버리지나 않을까 염려되는 그런 남자였다. 두 사람은 땅거미가 지는 밤의 아름다움을 응시하면서 오랫동안 그곳에 앉아 있었다. 그 배에 세워져 있는 돛대 세 개는 뒤쪽에 배경처럼 솟아 있는 언덕보다 더 높아 보였다. 재단사 조제프의 아들이 방파제를 따라 헤엄을 치고 있었다. 그런데 그가 갑자기 욕을 하면서 침을 뱉는 소리가 그들의 귀에 들려왔다. 그 배에서 한 무더기의 똥이 점점이 떠내려오고, 자기가 그 똥덩어리들 한가운데에서 헤엄치고 있었다는 것을 문득 알아차린 것이다. 잠시 후그는 배를 향해 고함을 치고 주먹을 휘둘러 위협하며 바위 위로 기어 올라왔다. 그는 파도에 이리저리 흔들리며 둥둥 떠다니는 똥덩어리를 향해 화가 나서 미치겠다는 듯 손가락질을 해댔다. 페트로는 어른이 버르장머리 없는 아이를 쳐다보는 듯한 못마땅한 표정으로 그 젊은이를 쳐다보았다.

"요즘 애들은 도대체 존경심이란 게 없어." 그가 쉰 목소리로 말했다. "이제 신성하고 경건한 건 찾아보려야 찾아볼 수가 없군. 이 바보 녀석아, 그 똥덩어리가 누구 건지나 알고 욕을 퍼부어대는 거야? 모르긴 몰라도 니아르코스 님의 깨끗한 궁둥이에서 나온 걸걸?"

페트로는 영어를 잘했다. 선술집에 죽치고 앉아 관광객에게 술 한 잔을 우려먹기 위해 온갖 익살을 떨며 여러 해를 보내다보면 자연스럽게 '지역 명사'가 되어가는 그리스의 모든 술꾼이 그렇듯이. 그에게는 빌리의 마음을 사로잡는 뭔가 슬픈 구석이 있었다. 사실 그곳에서 정말로 슬픈 사람들은 거의 찾아볼 수 없었다. 비열한 작자들은 절대로 슬픔을 느끼지 않으니까.

날들이 흘러갔다. 때로는 쾌청하고 때로는 눈부신 파란 하늘이 갑자기 어두컴컴해지기를 반복하는 가운데, 모든 날들은 황금빛이 존재하지 않는 시간, 말하자면 평정 상태, 만물을 정화시켜주는 듯한 평온하고 부드러운 밤들을 지니고 있었다. 어둠은 겁에 질린 사람, 망연자실한 사람, 정신이 나간 사람을 어떻게 다루어야 할지 알기 때문이다. 빌은 자신이 망연자실한 사람도 아니고 정신이 나간 사람도 아닌, 정확히 겁에 질린 사람이라고 생각했다. 하지만 사실 겁에 질리기 위해서는 살아 있는 것만으로도 충분했다. 살아 있다는 것과 겁에 질리는 것, 그 두 가지가 어떤 상관관계인지는 알 도리가 없었다. 해안에서 수십 킬로미터 떨어진 곳까지 헤엄쳐 가서 캄캄한 어둠 속에 파묻혔을 때를 제외하고는. 바다 한가운데에서 잔잔하게 떨리면서 점점이 이어져 있는 기다란 은빛 파도, 검은 물결과 저 먼 곳에서 반짝이는 무수한 불빛, 그리고 따뜻하면서도 서늘한 바다. 항구에서 동쪽으로 육 킬로미터 떨어진 지점에서 그 섬으로 잠수해 들어갈 때 바다 위쪽은 따뜻했지만 그 아래는 몸서리칠 정도로 차가웠다. 그리고 바로 거기, 바다 밑에 아주 오래전에 난파당한 상선 '데메트리오스'가 누워 있었다. 그 배의 현창까지 곧장 내려가서 선장실 안으로 들어가, 물고기에게 인사를 건넬 수도 있었다.

그레타는 브루클린 출신의 어떤 키 작은 유대인과 관계를 맺고 있었다. 그 유대인은 페트 메예로비츠라 불리는 회계사로, 미국에서 도망쳐 그리스의 작은 하숙집에 숨어 살고 있었다. 그레타는 날마다 해가 지면 그리스적이고 신화적인 존재로 완전히 탈바꿈했다. 그녀는 위대한 대지의 여신이었다. 그녀가 모든 남자와 육체관계를 맺는 건 아마도 그 때문이었을 것이다. 그 해변에서는 단돈 사 수만 쥐여주면 얼마든지 신화를 창조할 수 있었다. 카라만리 해변은 배를 타야만 갈 수 있는 곳이었다. 그녀는 실오라기 하나 걸치지 않은 채로 십오 킬로그램이나 나가는 거대한 엉덩이와 젖퉁이를 흔들어대면서 해변을 달리곤 했다. 고대 그리스와 연관된 이교도적인 춤을 추면서 말이다. 그리고 그 섬의 사람들이 이제까지 본 중에서 가장 비쩍 마른 몰골에다 슬픈 눈에 안경을 쓴 회계사 메예로비츠는 월계수 잎으로 성기와 다갈색 체모를 가린 채 책상다리를 하고 앉아 플루트를 연주해야 했다. 모래사장에서 잠을 자려고 카라만리까지 자주 헤엄쳐 가곤 하던 빌리는 그 광경을 보면서 독일인이 유대인을 이미 그런 식으로 충분히 괴롭혔다고 생각했다. 하지만 메예로비츠는 빌리에게 네 일이나 신경 쓰라고 핀잔을 주면서, 자기가 빌리같이 그리스 신처럼 생기지 않은 건 자기 잘못이 아니며, 그래도 자기는 삶을 찬미하는 이교도라고 말했다. 알겠어? 그러니까 상관 말고 꺼져. 여긴 민주주의 국가야. 그는 고대 이교도 시절의 사티로스*에 관한 것만으로도 책 한 권쯤은 너끈히 쓸 수 있다는 듯이 장광설을 늘어놓았다. 그는 항상 벌겋게 부풀어 오른 눈꺼풀 아래 깊이 파묻힌 눈동자 속에 모든 것을 이해한다는 듯한 눈빛을 담고서 걸핏하면 생명력에 대해 말하곤 했다. 사람들은 그 사내에게 호감을 느끼지 않을 수 없었다. 왜냐하면 그는 어떤 꿈을 감추고 있었기 때문이다. 정말로 뭔가 특별하고 화려한 꿈을. 하지만 그가 그 꿈에 관해 할 수 있는 건 허풍을 떠는 것뿐이었다.

어느 날, 빌리는 평소처럼 일 분 삼십 초 동안 호흡을 멈추고

---

* 그리스 신화에 나오는 술과 여자를 좋아하는 반인반수.

명상하기 위해 바닷속에 있는 난파선의 잔해 쪽으로 잠수해 들어가다가—바닷속에서는 아주 끔찍한 유조선조차 신비롭고 아름답게 보인다—갑판 위에 떠 있는 시체 한 구를 보았다. 시체는 녹슨 철삿줄과 사슬에 뒤엉켜 있었다. 그리고 금발을 길게 늘어뜨리고 있었는데, 그의 몸에서 아직도 살아 있는 것처럼 보이는 유일한 부분이었다. 군청색 바닷속에서 일렁이는 금발과 금빛 수염. 그 남자의 얼굴은 바닷물에 퉁퉁 불었지만, 강인해 보이는 뚜렷한 이목구비는 아직 손상되지 않은 채 남아 있었다. 빌리를 뚫어지게 쳐다보는 부릅뜬 푸른 눈도 마찬가지였다. 물속에서 서로를 마주 보고 있는 죽은 자와 산 자. 빌리는 물 위로 올라가 숨을 고르고 난 후 다시 잠수했다. 죽은 사람과 물을 공유한다는 사실 때문에 본능적이고 미신에 가까운 극심한 혐오감을 느끼긴 했지만, 익사자의 얼굴과 매서운 눈초리에는 뭔가 위압적인 무언의 호소 같은 것이 있었다. 빌리는 헤엄을 쳐서 해변으로 돌아왔다. 그리고 마치 시체가 자기를 배신해서는 안 된다고 명령이라도 한 듯, 그와의 만남을 아무에게도 말하지 않았다. 빌리는 이상하게도 시체와 그렇게 약속한 것 같은 느낌이 들었다. 그로부터 며칠이 지난 후, 빌리는 당나귀 발굽 소리가 포석 위에 울려 퍼지는 좁고 하얀 길을 따라 걷다가, 담배 가게 근처 벽에 붙은 벽보를 보았다. 그 가게는 '팔십 달러로 이 주 동안 문명의 요람을 체험하세요'라는 선전 구호를 내건 항해 유람단의 관광객으로 붐볐다. 그들은 떠들썩하게 소리를 질러대며 열심히 그림엽서를 고르고 있었다. 빌리는 그리스어를 읽을 줄도 말할 줄도 몰랐다. 하지만 벽보에는 숫자가 적혀 있었다. 삼만 드라크마. 그리고 숫자 뒤에 바닷속에서 보았던 그 사람의 얼굴이 있었다. 빌리를 뚫어지게 쳐다보던 그 얼굴과 똑같은 얼굴이었다. 어수선하게 뒤덮인 금발. 텁수룩한 금빛 수염. 부릅뜬 채 전혀 깜빡이지 않는 눈. 살인자, 악당, 마약 밀매업자, 그도 아니면 정치와 관련된 인물일까? 그리스에는 재판이나 부당한 처벌을 피해 달아나는 사람들이 차고 넘쳤다.

빌리는 휘파람을 불면서 담배 가게 앞을 떠났다. 그는 슬프거나 괴로울 때면 항상 휘파람을 불었다. 그리고 슬픔이나 그 외에 뭐라고 딱 꼬집어 말할 수도 없고 자신의 정신과 영혼으로부터 몰아낼 수도 없는 뭔가가 집요하게 머릿속에 들러붙을 때면, 불안하고 고통스러운 나머지 기타를 치면서 노래를 부르곤 했다. 모든 사람이 그를 '팔자 좋은 놈'이라고 부르는 것도 바로 그래서였다. 그는 그런 말을 들을 때마다 웃었다.

제프노스에서는 아무도 정치 이야기를 꺼내지 않았다. 어쨌든 빌리에게는 정치 이야기를 하지 않았다. 영어를 할 줄 아는 사람 중 몇몇은 정치를 싫어한다고 말하고는 입을 다물어버렸다. 그런데 이상하게도 그 사람들은 언제나 마을에서 가장 부유한 축에 속했다. 그럼에도 빌리는 페트로에게 벽보에 대한 이야기를 꺼냈다. 벽보의 그 사람 말이에요, 도대체 무슨 짓을 저질렀기에 삼만드라크마나 되는 현상금이 붙은 거죠? 페트로는 웃통을 벗고 방파제에 주저앉아, 전문가다운 예리한 눈으로 요트를 열심히 관찰하고 있었다. 페트로는 자신의 모든 부와 음식과 공짜 술의 원천인 관광객의 사진기 앞에서 섬에 사는 악명높은 사티로스, 버림받은 넵투누스*, 그리스인 조르바** 역할을 하면서 서 있었다. 그는 가슴에 난 하얀 털 한가운데를 가로질러 새긴 붉은 카이크 문신을 드러낸 채, 자, 날 찍으러 오시오, 하면서 언제라도 컬러사진으로 찍힐 준비를 하고 있었다. 그는 돈키호테의 얼굴에 산초 판사의 몸을 갖고 있었다. 빌리가 애독하며 열심히 그 모험을 따라가고 있던 〈마이애미 뉴스〉의 연재만화 주인공인 돈키호테와 산초 판사. 페트로는 목에 빨간 머플러를 두르고, 배지와 금박 입힌 닻으로 장식된 뉴욕 요트 클럽의 챙모자를 쓰고 있었다.

"페트로, 벽보의 그 남자는 도대체 누구예요?"

페트로는 바닷물에 침을 뱉었다.

---

* 고대 로마 신화에 나오는 바다의 신. 그리스 신화의 포세이돈에 해당한다.
** 니코스 카잔차키스의 동명 소설에 등장하는 인물.

"위대한 사람!" 그가 엄숙하게 말했다.

"뭐라구요?"

"말했잖아, 위대한 사람이라고. 그걸로 충분하지 않아?"

"그 사람이 뭐가 그렇게 위대한데요?

"그는 위대한 시인이었어."

"아무리 그래도 시인의 목에 삼만 드라크마나 되는 현상금이 붙다니, 말도 안 돼요. 그런 시인은 세상천지 어디에도 없어요."

"군대의 눈에는 시인의 값어치가 그 정도는 나간다고 보이나 보지." 페트로가 말했다. "아니, 그것보다 훨씬 더 많이 나간다고 생각하는지도 몰라."

"그의 시를 읽어봤어요?"

"그는 시를 한 줄도 쓴 적이 없어."

"도대체 무슨 소릴 하는 거예요?" 빌리가 물었다.

"자유," 페트로가 말했다. "자유야말로 언제나 가장 위대한 시지. 하지만 그 시는 아직 쓰이지 않았어. 그리고 영원히 쓰이지 않을 거야. 아니, 어쩌면 언젠가 쓰일지도 모르지. 하지만 그러려면 엄청나게 많은 사람의 죽음이 필요할 거야. 그리고 그때 시인이 아닌 모든 사람은 이렇게 말하겠지. 그 시는 쓸 가치가 없는 거였다고. 뭐, 그런 거지."

"젠장, 뭔 소린지 하나도 못 알아먹겠네." 빌리가 말했다.

하지만 앞치마를 두르고 뚱뚱한 유령처럼 하숙집 안을 이리저리 돌아다니던 카라주글루에게 빌리가 똑같은 질문을 던지자, 그는 자기네 외에는 아무도 없는데도 혹시 누가 엿들을세라 빌리를 구석으로 끌고 가더니 이야기를 들려주었다. 삼만 드라크마의 현상금이 걸린 그 남자는 대령들에게 반기를 든 레지스탕스 대장으로, 동지에게 배신당해 체포된 뒤 데르보스 섬 감옥에 수감되었지만 탈출했다. 그런데 그곳에서 탈출했다는 건 도저히 믿을 수 없을 정도로 대단한 일이다. 왜냐하면 데르보스 섬은 해군과 경비정이 철통같이 지키고 있을 뿐만 아니라 풀 한 포기 자라지 않는 바위섬이기 때문이다. 그래서 그가 그 섬에서 어떻게 탈출할 수 있었는지 아무도 짐작조차 하지 못했다.

카라주글루는 몹시 흥분해서 걸치고 있는 앞치마 사이로 드러난 짧고 투실투실한 두 팔을 마구 휘둘러댔다. 그는 허옇고 물렁물렁한 맨살에다 앞치마를 둘렀는데, 그 살은 그의 구릿빛 얼굴, 검은 머리칼, 검은 수염과 뚜렷한 대조를 이루어 마치 불에 구우려고 껍질을 벗겨놓은 돼지 같아 보였다. 그가 너무 흥분해서 빌리는 그가 죽음을 무릅쓰고 탈출을 감행한 시인의 영웅적인 행동에 경탄한 것인지, 아니면 시인의 목에 걸린 엄청난 현상금에 경탄한 것인지 판단할 수 없었다. 이튿날 아침 빌리는 다시 한번 그 바위까지 헤엄쳐 가서 바닷속으로 들어가, 이제 아무도 손에 쥐지 못할 그 삼만 드라크마의 주인공을 관찰했다. 그는 남자의 얼굴이 페트로나 카라주글루에게서 들었던 것과는 완전히 딴판으로 변했다는 것을 알 수 있었다. 지금 빌리가 보기에 그 남자의 얼굴은 배의 앞머리를 장식하는 선수상처럼 거만해 보였다. 그는 얽혀 있는 철삿줄과 쇠사슬을 풀고 바위 틈에서 시신을 끌어내 밀물이 밀려오는 쪽으로 백 미터 정도 헤엄쳐 가서, 고인을 저 멀리, 그에게 합당한 최후의 안식처로 데려다줄 물결 쪽으로 끌어다놓았다.

이튿날 아침, 섬의 부두 북쪽 구역 전체에 내려졌던 비상경계령이 해제되었다. 사람들은 배 한 척이 도착하는 것을 보았다. 갑판에 수백 명의 죄수가 있었다. 빌리는 약 7세기 전에 프랑스 십자군이 세운 고성 위에 올라가 그 광경을 구경했다. 그 섬의 새로운 죄수 오십여 명이 경기관총으로 무장한 간수들의 감시 아래 뱃전으로 이동하는 동안, 배에 타고 있던 죄수들은 갑판에 앉아 기다렸다. 배가 출항 준비를 하는 동안 관광객들은 비상경계령이 풀린 지역을 돌아다니면서 오래된 성의 사진을 찍거나 바위에서 뛰어내려 잠수를 할 수 있었다. 그들의 웃음소리와 독일어, 영어, 프랑스어로 떠들어대는 목소리가 뜨겁게 달아오른 바위와 하얀 벽, 성의 돌들과 부딪혀 메아리로 울려 퍼졌다. 빌리는 포장도로를 걷다 몇몇 친숙한 얼굴이 보이지 않는다는 것을 알아차렸다. 그리고 검은 베일로 몸을 감싼 여자들이 흐느껴 우는 것을 보았다. 페트로는 엉망으로 취해서 몇몇 친구들이 술집 밖으로 끌고 나와야 할 정도였고, 작은 교회들에는 기도하고 노래하는 사람들로 가득 차서 마치 교회 건물이 금방이라도 땅에서 들어 올려져 모든 기도의 날갯짓으로 하늘로 날아오를 것 같은 느낌마저 들었다.

성채의 꼭대기에서는 최단거리로 이십 킬로미터 떨어진 곳에 있는 데르보스 섬을 한눈에 볼 수 있었다. 빌리는 일단 그곳까지 헤엄쳐 갔다. 하지만 물 밖으로 나가지도 못하고 깎아지른 듯 가파르게 솟은 바위 아래 머리를 둔 채, 바위틈에 둥지를 틀고 지저귀는 수많은 새들과 함께 어정쩡한 자세로 한참을 있어야 했다. 그가 절벽 위로 올라갈 수 있는 길을 찾기까지는 무려 두 시간이 걸렸다. 하지만 휴화산의 검은 용암덩어리 한가운데에서 발견한 거라고는 폐허가 된 터키 요새뿐이었다. 또다른 쪽으로는 어부들이 살고 있는 하얀 집이 열두 채 정도 보였다. 어부 중한 명이 그를 배로 다시 데려다주었다. 그가 팔십 킬로미터를 헤엄쳐 그곳에 갔다고 말했지만, 아무도 믿지 않았다. 심지어 페트로는 그를 자기가 살아오면서 만난 거짓말쟁이 중에 가장 지독한 거짓말쟁이로 취급했다. 술집에서도 모든 사람이 그를 비웃었다. 바닷가에 사는 어부들이 수영에 관해 아는 게 별로 없을 뿐만 아니라 그다지 관심도 보이지 않는 건 정말 이상한 일이었다. 차라리 그들에게 단 한 번 만에 그 거리를 주파한 게 아니었다고 말하는 게 나았을 것이다. 무시무시한 암초들이 밀집해 있는 일곱 개의 해저 지층이 어디어디에 있는지 그들 중에 모르는 사람은 하나도 없었다. 그렇기 때문에 어떤 남자가 아무런 목적도 대가도 없이 그렇게 먼 곳까지 위험을 무릅쓰고 헤엄쳐 갔다는 걸 믿는 사람은 아무도 없었다. 물론 그들은 거의 하루 종일 육체노동을 하며 살아갔다. 하지만 그 노동은 살아남기 위해, 가족을 먹여 살리기 위해 싫어도 할 수밖에 없는 일이었다. 그런데 어떤 미치광이 자식이 만조의 유혹을 받아 먼바다로 나가보고 싶다는 욕망 외에 아무런 이유도 없이 정력을 낭비하고 생명의 위험까지 무릅쓰면서 육체적인 힘을 극한까지 시험했다니, 그걸 누가 믿으려 하겠는가. 빌리는 그들과 함께 웃었다. 그리고 모든 걸 농담으로 돌려버렸다. 미친놈보다 거짓말쟁이 취급을 당하는 게 차라리 나았으니까. 하지만 그는 훨씬 더 많은 위험에 도전했고, 바하칼리포르니아 해안을 따라 훨씬 더 멀리까지 나아갔다. 단단한 지면에 두 발을 딛고 설 가능성이라고는 조금도 없는 상태에서, 헤엄쳐 가는 내내 상어들과 동행하면서, 잠시 숨을 돌리고 쉴 수 있는 장소도 전혀 없이 말이다. 그 무모한 도전 중에서 한번은 십 킬로그램의 양귀비를 등에 짊어지고 십 킬로미터를 헤엄쳐 간 적도 있었다. 그를 뒤쫓아오던 샤도와 타미즈는 혼적도 없이 사라졌다. 경계선을 넘은 다음 중간 지점에서 그들을 데리러 오기로 되어 있던 모터보트들이 아무리 기다려도 오지 않았기 때문이다.

그후에 그는 그 죽은 자의 시선 속에서 무엇이 자기를 그 섬으로 다시 돌아오게 만들었는지 알아내려 애썼다. 그 의문에 대해 그가 찾아낼 수 있었던 유일한 해답은, 그를 그 섬에 다시 돌아오게 만든 건 이곳 사람들이 말하는 어떤 것, 어떤 그리스어 단어와 관련이 있다는 거였다. 운명, 그들은 그것을 그렇게 불렀다. 아니, 그를 자극한 건 어쩌면 페트로였는지도 몰랐다. 페트로는 이틀 동안 계속 술을 퍼마시고 혼수상태에 빠져 있다 겨우 일어나, 해가 지는 시각에 그를 만나기 위해 부둣가로 나왔다. 이곳에서는 해가 질 무렵이면 언제나 하늘에서 군청색과 보라색 상처가 벌어지며 그 속에서 피의 물결이 솟구치는 것 같았다. 그 순간이 방파제 위에 앉아 기타를 연주하기에 좋은 시간이었다. 그러고 나서 격렬한 게임이 갑자기 대학살로 변한 것같이 지나치게 파랗고 붉은 색깔로 인해 하늘과 바다가 비극적인 분위기로 변하는데, 이때가 기타 줄에서 손을 떼게 되는 순간이기도 했다.

"자네 언젠가 여기서 데르보스 섬까지 헤엄쳐 간 적이 있다고 그랬지?" 페트로가 물었다.

"네, 분명히 그랬죠."

"난 자네가 한 말을 믿지 않아."

빌리는 아무 대꾸도 하지 않았다.

"왜 나한테까지 거짓말을 하는 거야? 이곳에서 자네와 제일 친한 나한테까지?"

페트로가 보이소프라노처럼 가성을 내는 것으로 미루어 보아, 지금 일부러 빌리를 몰아붙이고 있다는 것을 짐작할 수 있었다. 그는 왼쪽 귓불에 금귀고리를 걸었고, 숱 많은 눈썹 아래 눈 속 깊은 곳에서는 '남성적인 에너지'라고 부를 수밖에 없는 강렬하면서도 영적인 불길이 일렁이는 게 보였다. '비열하기 짝이 없는 작자가 이처럼 숭고한 표정을 지을 수 있다니 정말로 이해할 수 없는 일이야.' 빌리는 자신의 손가락이 〈Riders in the Sky〉의 코드를 찾을 때까지 기타 줄을 뜯으면서 생각했다.

"신경 쓸 거 없잖아요."

"자네가 그곳까지 헤엄쳐 갔다는 게 사실이야, 아니야? 말해 봐!" 페트로가 윽박지르듯 소리쳤다.

"그게 당신과 무슨 상관인데요?"

"그렇게 멀리까지 헤엄칠 수 있는 사람은 이 세상에 없어. 그리고 어떻게 물 밖으로 나올 수 있었지? 그건 도저히 불가능해.

그곳은 수직으로 깎아지른 암벽으로 둘러싸여 있어. 삼십 미터도 넘는 거대한 암벽……"

"아니, 그건 가능해요. 올라갈 방법이 있어요."

페트로가 바닷물에 침을 뱉었다.

"방법이 있다는 건 나도 알아. 그냥 확인해보고 싶었어. 그래, 그게 사실이었군, 자넨 정말 그곳까지 갔었어."

빌리의 손가락이 〈Don't Tell me Nothing, Just Love me So〉를 연주하기 시작했다. 바로 그 순간 아무 이유도 없이, 빌리는 익사한 그 반역자의 눈 속에서 볼 수 있었던 삼만 드라크마짜리 표정이 머릿속에 떠올랐다. 자유, 빌리는 갑자기 생각했다. 삼만 드라크마의 자유를 위해. 그는 웃었다.

"뭐야? 왜 그래?" 페트로가 고함을 질렀다.

"아무것도 아니에요."

페트로의 시선 속에서 어렴풋이 비웃는 듯한, 교활한 섬광 하나가 번쩍였다.

"관광객 중에 자네의 그 허풍에 관심이 있는 사람이 있어. 그 사람도 수영선수였다더군…… 영국 올림픽 국가대표 선수……"

빌리의 손가락이 기타 줄에서 떠났다.

"그 사람 이름이 뭔데요?"

"그런 얼간이의 이름을 내가 어떻게 알아?" 페트로가 말했다.

"내가 아는 건, 그 작자가 자네가 절대로 그곳까지 헤엄쳐 간 적이 없다는 편에 천 드라크마를 걸려고 한다는 것뿐이야."

"그 사람에게 이천을 걸라고 하세요." 빌리가 말했다.

페트로의 얼굴이 불신감과 존경심이 묘하게 뒤섞인 채로 굳었다. 그는 빌리의 의중을 간파하려는 듯 한쪽 눈을 찡그리고 빌리를 노려보았다.

"그 정도로 자신만만한 거야?"

"거기까지 헤엄쳐 갔다가 다시 헤엄쳐 돌아오는 것까지는 장담 못 해요." 빌리가 말했다. "최소한 첫번째 산호초까지는 되돌아올 수 있겠죠. 하지만 그렇건 저렇건 그게 당신과 무슨 상관이에요?"

"그게 나와 무슨 상관이냐고?" 페트로가 투덜댔다. "말해주지. 내 친구들은 전부 자네한테 돈을 걸려고 해. 그 낯선 친구가 내기를 걸어왔으니까. 그가 누구든 간에, 어쨌든 그 작자는 돈 냄새를 쏴."

"그 작자가 돈 냄새를 '풍기는' 거겠죠." 빌리가 페트로의 말을 바로잡아주었다. 페트로가 갑자기 엄청난 액수의 돈 이야기를 할 때나 어울리는 톤으로 목소리를 낮추었다.

"우린 자네가 성공할 수 있다에 오천 드라크마를 걸려고 해. 만약 자네가 성공하지 못하면, 우린 자네 때문에 이천 드라크마를 날리게 돼."

"만약 내가 실패하면 돈은 나한테 줘야죠." 빌리가 말했다. "내가 성공하지 못한다는 건 내 파이프가 부러졌다는 뜻일 테니까."

"자넨 수영하면서 담배를 피우나?" 페트로가 놀란 표정으로 물었다.

"그건 그냥 비유예요. 죽음을 의미하는 관용구라고요."

페트로는 잠시 그를 물끄러미 쳐다보았다. 그의 눈 속에는 속이고 속는 가운데 자신에게 닥칠 위험부담을 미리 계산하면서 살아온 삼천 년의 역사가 고스란히 담겨 있었다. 그리스 문명만큼이나 아주 오래된 한 문명.

"물론 자네가 거기까지 갔다는 걸 증명할 수 있는 증거가 필요해."

"그거라면 어려울 거 없어요." 빌리가 말했다. "그곳에 사는 사람이라면 누구라도 증인이 되어줄 테니까."

"그곳에는 이제 아무도 살지 않아." 페트로가 침울한 표정으로 투덜댔다. "군인들이 그곳에 살던 사람들을 다른 섬으로 전부 강제 이주시켰거든. 그 섬은 지금 감옥으로 쓰이고 있어. 일종의 정치범 수용소지. 게다가 그들은 그곳에다 막사까지 짓고 철통같이 지키고 있어…… 수직으로 깎아지른 절벽 쪽만 제외하고. 하지만 그 영국인이 자네한테 소형 사진기를 줄 거야. 자네가 그곳에 도착해서 제일 먼저 해야 할 일은 사진을 한 장 박는 거야. 여러 장이면 더 좋고. 그렇게만 하면 우리가 내기에서 이기는 거라고. 최후에 웃는 자는 바로 우리가 되는 거지. 그 영국인의 코를 납작하게 만들 거라고. 자네 생각은 어때?"

빌리는 페트로가 두려워하고 있다는 것을 분명하게 알 수 있었다. 그 두려움은 특히 그의 목소리에 그대로 드러났다. 가쁜 숨을 몰아쉬는 것 같은 목소리. 그는 몇 마디 말을 내뱉자마자 화를 내며 바닷물에 침을 뱉었다. 겁먹은 사람들은 원래 화를 잘 내는 법이다. 바로 그 순간, 겁을 집어먹은 한 무리의 그리스인이 보였다. 그들의 얼굴이 갑자기 어두워졌다. 어떤 관광객이 정치 이야기를 시작하거나 '대령들' '민주주의' '자유' 같은 말, 그 외에 관광객의 입장에서는 거리낌 없이 큰 소리로 말할 수 있는 단어들을 입에 올리기 시작할 때면 그들은 이내 눈길을 피해버렸다. 왜냐하면 관광객은 곧 경제였고, 경제가 정확히 무엇을 의미하는지는 모른다 하더라도 그리스 사람들에게 지금 가장 절실한 것이 바로 '경제'라는 것만큼은 알고 있었기 때문이다. '애송이'인 빌리는 정치에 별 관심이 없었다. 정치는 그가 수영하러 떠나면서 버렸던 것 중 하나였다. 정치는 단단한 육지에 항상 널려 있는 오물, 그를 수영꾼이 되게 만든 모든 더러운 것에 속하는 것이었다. 물론 그것들을 완전히 버릴 수는 없을 것이다. 하지만 거의 평생을 바다와 함께 살아온 사람은, 단단한 육지와 모든 잡다한 세속적인 것들은 자신의 세계에 속한 게 아니라 또다른 행성에 속한 거라고 생각하게 된다. 원한다면 그 행성이 지구밖의 어떤 공간이라고 상상해도 좋다. 하지만 그건 즐겁지 않았다. 늙고 비열한 사내, 부랑자, 해적 같은 낯짝을 한 페트로 같은 술주정뱅이가 갑자기 겁에 질린 표정을 짓는 걸 보는 건 결코 유쾌하지 않았다. 페트로는 심지어 아무도 듣는 사람이 없다는 걸 확인하려는 것처럼 주위를 두리번거리기까지 했다. 하지만 부두에는 그들 이외에 아무도 없었다.

"그 사람이 도대체 누군데요?"

"영국인." 페트로는 자신만만한 어조로 말했다. 마치 그 단어 하나가 그 사람이 신뢰할 만한 사람이라는 것을 보장한다는 듯이. "영국 신사."

빌리는 드로너 씨를 떠올렸다. 드로너 씨의 소식을 접하지 못한 지 벌써 여러 주가 지났다. 드로너 씨 일행은 지금 항해 유람 중이었다.

"페트로, 나에게 모든 걸 솔직하게 털어놓는 게 좋을 거예요. 제르보스 섬의 군인들은 경기관총까지 갖고 있으니까."

페트로는 바다에다 침을 퉤 뱉었다. 그는 빌리가 이제껏 만났던 다른 모든 지독한 거짓말쟁이보다 훨씬 더 침이 많았다. 페트로는 침을 뱉고 난 다음 죽음 같은 침묵 속에서 그 애송이를 응시했다. 누군가를 신뢰한다는 것, 그것은 매우 중대한 결정이다. 무엇보다도 중대한 결정. 살다보면 누군가를 믿을 것인가 말 것인가 결정해야 할 때가 한두 번 정도는 있게 마련이다. 하지만 그 결정은 언제나 대단히 어렵기 때문에 상당한 분별력이 요구된다.

"뭘 털어놓으라는 거야?" 페트로가 벌컥 고함을 질렀다. 그의 고함, 그것 역시 그가 겁을 집어먹었다는 표시였다. 두려움, 그것이 고함을 지르게 만든다. "그 사람은 관광객이야. 스스로 '스포츠를 좋아하는 영국 신사'라고 말했어. 자네도 알겠지만, 영국인이 이곳에 골프장을 만들 거라는 말도 있으니까."

페트로는 힘들게 침을 삼키고 말했다.

"그는 신문기자야."

빌리는 고개를 끄덕였다. 이제 그는 모든 걸 이해했다. 그 사람이 그에게 원하는 것은 민간인 출입이 통제된 섬으로 몰래 헤엄쳐 가서 정치범 수용소 사진을 몇 장 찍어오는 것이었다. 그 일에 성공한 사람은 아직 한 명도 없었다. 미국의 어떤 신문기자는 경비행기를 타고 그 섬의 상공을 날다가 빗발치는 총탄에 벌집이 된 프로펠러와 함께 바닷속에서 짧은 여행을 끝마치고 말았다. 그 섬 주위로는 중무장한 초계정이 끊임없이 순찰을 돌았다. 그 때문에 어선마저 그곳을 피해 다른 곳으로 어망을 던지러 가야 했고, 섬은 점점 물고기의 성역이 되어갔다. 모든 건 상황을 바라보는 관점에 달려 있었다. 물고기에게 더 많은 관심을 갖느냐, 아니면 사람들에게 더 많은 관심을 갖느냐.

"내가 그 사람과 직접 이야기하는 게 낫겠군요." 빌리가 말했다.

그가 과거에 어떤 일을 했는지에 대해.

'타베르나 조그라포'는 해변 도로에 위치한 술집 중에 규모가 가장 컸다. 그 술집은 산허리에 아주 깊숙이 파묻혀 있어서 그 안에 들어가면 더위를 거의 느낄 수 없었다. 게다가 천장에는 거대한 전기 환풍기가 세 대나 달려 있었는데, 그 덕분에 술집 안에는 파리가 하나도 없었다. 바위에 둘러싸인 술집은 이백 년전, 아니면 그보다 더 오래전, 터키 선박을 약탈하던 프랑스 사략선*이나 해적선이 그 섬을 기지로 이용하던 시절에 산허리를 깊숙이 파서 만든 곳이었다. 프랑스 해적은 그곳에서 터키의 파샤**들을 살해하고 하렘에 사는 파샤의 여자들을 강간했다. 그 섬의 박물관에서 그들의 이름과 행적을 기록해놓은 책들을 찾아

---

* 교전 상대국의 배를 약탈해도 좋다는 국왕의 사략 특허장을 갖고 있던 민간 무장선.

** 터키의 고관에게 붙이는 칭호.

볼 수 있었다. 터키인은 그들을 붙잡아 몸에 말뚝을 박아 죽였다. 그건 일종의 터키식 십자가형이었다. 한쪽 구석에는 다양한 전채 요리와 즉석 피자를 파는 판매대도 있었는데, 독일, 미국, 영국, 네덜란드 히피들의 집결 장소였다. 하지만 스웨덴 히피나 덴마크 히피는 이제 찾아볼 수 없었다. 그들은 민주주의가 억압받는 그리스에 더이상 오지 않았다. 조그라포는 엄청난 괴력을 지닌 거인으로, 고대 그리스의 왕실 근위병인 에브조네스 같은 인물이었다. 아테네에서는 지금도 어렵지 않게 에브조네스를 볼 수 있다. 그들은 콘스탄티누스 황제의 텅 빈 궁전 앞에서 열심히 보초를 서고 있다. 오직 덩치 하나 때문에 에브조네스로 뽑힌 그들, 집채만 한 몸집의 우락부락한 거인들이 목에 빨간 머플러를 두르고 하얀 치마를 입은 모습을 상상해보라. 사실 그들이 근위병 교대식을 하는 걸 보면 마치 자동인형 같다. 버킹엄 궁전 앞에 서 있는 근위병처럼 말이다. 그리스에는 이제 왕이 없었다. 그런데도 에브조네스는 관광객을 위해 계속 보초를 섰다. 경제때문에. 그 남자들은 모든 남색가를 즐겁게 해주었다. 궁전 앞에 선 호모들이 모여 그들의 치맛속 탄탄하고 거대한 허벅지를 슬금슬금 곁눈질하는 모습을 심심치 않게 볼 수 있었다. 그 호모들 중에는 심지어 기절하는 이도 있었다. 매달 한두 명의 호모가 그곳에서 심장 발작을 일으키곤 했다. 어떤 알 수 없는 이유 때문에, 조그라포와 '거만한 물고기' 하숙집 주인 카라주글루 씨는 사이가 몹시 나빴다. 그건 아마도 하숙집 주인이 조그라포의 술집 바로 옆에서 음식점을 운영하기 때문일 것이다.

만남은 오후 다섯시, 해가 붉게 물들기 시작할 무렵에 이루어졌다. 술집 안은 한산했다. 날이 선선해지자 관광객 대부분이 밖으로 몰려나가 호화로운 요트를 구경했기 때문이다. 여자들은 해변 도로를 성큼성큼 거닐며 몸매를 한껏 뽐냈고, 그리스 신문에는 매일같이 그녀들의 사진이 실리곤 했다. 대령들이 비키니를 싫어한다는 건 사실이 아니라는 것을 증명하기 위해.

빌리는 술집 안으로 들어서자마자 터키 커피와 우조*를 마시는 손님들 가운데에서 자기가 만나야 할 사람을 단번에 찾아냈다.

인상이 너무 강해서 흘끔흘끔 쳐다보게 만드는 얼굴에 행동거지가 왠지 수상쩍은 남자. 회색이 많이 섞인 덥수룩하고 헝클어진 금발, 볕에 그을린, 제대로 말하자면 아주 심하게 그을려서 마치 햇볕에 화상을 입은 것 같은 얼굴빛, 그리고 지독하게 얻어맞아도 끄떡없을 것 같은 턱. 그렇게 생긴 턱이 강하다는 건 알고 보면 전혀 근거 없는 얘기로, 그게 낭설에 불과하다는 건 이미 잘 알려진 사실이다. 그러므로 아무리 강인하게 생긴 턱뼈를

---

* 그리스 술.

가진 사람이라도 실제로는 전혀 강인하지 않을 수 있다. 하지만 그 남자는 그런 부류가 아니었다. 아주 짙은 그의 눈썹은 구릿빛 번개 사이를 뚫고 지나간 두 개의 커다란 날개처럼 미간을 사이에 두고 펼쳐져 있었다. 눈, 코, 입은 강인한 턱과 조화를 이루었고. 그러므로 그런 턱을 가진 사람이 강하다는 설은 완전히 근거없는 얘기만은 아니었다. 빌리는 협잡꾼에 관해 많은 것을 알고 있었다. 그는 입구에 잠시 멈춰 서서 신문기자를 관찰하며 속으로 중얼거렸다. 저런 얼굴은 위험부담이 커. 사람들 눈에 띄지 않을 수 없으니까. 확실한 알리바이가 없을 때 눈에 띄는 외모는 이로울 게 없었다.

그는 자리에 앉았다.

"뭘 들겠소?" 그 남자가 물었다.

그 목소리는 그에게 뭔가를, 또는 누군가를 떠올리게 했다. 처음에 그는 그게 뭔지 전혀 알 수 없었다. 하지만 시간이 흐르자 생각이 났다. 그의 아버지 목소리가 바로 그랬다. "소금 좀 줘" 라고 말할 때조차 천둥처럼 울리는, 필요 이상으로 크고 우렁찬 목소리. 마치 세상과 인생의 중심에 대고 외치는 것처럼, 뚜렷한 이유도 없이 언제나 분노가 느껴지는 목소리. UCLA의 수영 코치였던 빌리의 아버지는 빌리가 다섯 살이 되던 해부터 본격적으로 수영을 가르치기 시작했다. 혹독한 훈련을 통해 빌리를 수영꾼으로 만든 것도 바로 아버지였다.

"제임스라고 합니다." 남자가 희미한 미소를 띤 얼굴로 말했다. 너그러운 미소를 지으려는 그의 노력을 안면 근육이 거부하는 것 같은 표정이었다. "대부분의 사람들은 그게 내 이름인 줄 알지만, 사실 제임스는 이름이 아니라 성이에요. 나의 풀네임은 존 제임스입니다. 너무 평범해서 오히려 신선하게 느껴지는 이름이죠. 나는 스포츠 신문기잡니다."

"반갑습니다." 빌리가 말했다.

그리고 두 사람은 한동안 침묵에 잠겼다. 그건 서로가 그 침묵이 뭘 의미하는지 충분히 알기 때문에 그만큼 말을 꺼내기가 점점 더 어려워지는 그런 종류의 침묵이었다.

바깥에서 한 줄기 바람에 잠에서 깨어나는 것 같은 배들의 소리, 도로를 통해서는 갈 수 없는 해변과 항구 간의 연락을 맡아 분주히 오가는, 빨간색과 초록색이 섞인 모터보트의 헐떡임과 기침 소리가 들려왔다. 이따금 파리의 윙윙거림을 모터 소리로, 멀리서 들려오는 카이크 소리를 파리의 윙윙거림으로 착각하기도 했지만, 남자는 영국 담배 한 개비를 손에 들고 만지작거리면서 빌리를 조심스럽게 관찰했다. 전문가답게 상대방을 꿰뚫을 듯한 시선으로, 마치 빌리를 어떻게 다루어야 할지 방법을 요리조리 궁리하는 것처럼.

"나는 그렇게 먼 거리를 완주한 수영선수가 있다는 얘기를 이 제까지 한 번도 들어본 적이 없습니다." 그가 말했다. "더군다나 당신이 그걸 해낼 거라고는 전혀 믿지 않아요. 내 친구는 내기를 걸 준비가 되어 있어요. 물론 당신에게는 어떤 식으로든 이익이 돌아갈 겁니다. 그 부분은 우리가 특별히 신경을 쓰겠어요. 개인 적으로 나는 도마* 같은 부류의 인간입니다. 내 눈으로 직접 확 인하지 않은 건 믿지 않는다는 말이지요. 나는 진실을 밝혀내 사 람들을 미망에서 깨어나게 하는 걸 몹시 좋아합니다. 그리스 신 화…… 내가 그 시대에 살았어야 했는데. 아킬레스에 관한 진 실, 오디세우스에 관한 진실…… 진실을 밝히는 문제에 있어서 만큼은 한 치도 물러서지 않아요. 나는 당사자가 없는 자리에서 그들을 험담하면서 평생을 보낸 사람입니다. 하지만 내 예상과 는 달리 어쩌면 당신이 그 일을 해낼 수 있을지도 모르죠. 여하 튼 나는 천 달러 정도를 걸었습니다. 당신은 정말로 그곳에 도달 했다는 증거를 우리에게 제시해야 합니다. 사진으로."

"그곳까지 헤엄쳐 가서 암벽을 기어올라가 수용소 사진을 한 장 찍어오면 나에게 천 달러를 주겠다?" 빌리가 말했다. "그런 짓을 했다가 발각되는 날엔 감옥에서 오 년은 썩게 될 겁니다.

---

* 예수의 열두 제자 중 한 명으로, 예수의 부활을 의심하고 그 증거를 요구했다.

천 달러로는 어림도 없어요."

"그럼 없던 얘기로 합시다." 남자가 말했다.

"그건 아니죠. 난 돈이 필요하니까."

남자는 우조를 입안에 털어넣고는, 런던 토박이가 술잔을 비우고 짓는 예의 그 떨떠름한 표정을 보란 듯이 지었다.

"그럼 내 제안을 신중하게 생각해보겠소?"

"아니, 그런 얘기가 아닙니다. 뭔가 착각을 한 것 같은데, 내가 당신에게 기회를 주는 겁니다. 그뿐이에요. 당신은 내 손에 천 달러를 슬쩍 쥐여주고, 나는 당신을 경찰에 고발하지 않고."

갑자기 그 남자는 마시던 우조 술이 든든한 정신적 위안까지는 주지 못해도 나름대로 만족을 주었다는 듯 흡족한 표정을 지었다. 그의 옅은 푸른색 눈이 약간 더 엷어졌다. 하지만 두려움 때문에 그런 거라고 말할 수는 없을 것이다. 존스 씨가 짜릿한 자극을 무척 좋아하는 부류의 인간이라는 건 분명히 알 수 있었다. 술을 한 모금 마시고 나면 어김없이 파충류처럼 분홍빛 혀를 날름거리며 입술을 핥는 것만 봐도 충분했다. 그는 짜릿한 자극을 음미하고 있는 중이었다. 그의 머리는 정성스럽게 손질이 되어 있었는데, 또렷하게 가른 가르마가 마치 빌리의 이마를 정조준하는 것처럼 보였다.

"우리는 두 사람이야." 그는 복화술을 하듯 입술을 떼지 않고 웅얼거렸다. 그러고는 우조를 다시 한 모금 마시고 고개를 약간 숙이며 말했다. "우린 둘이야. 그리고 각자 따로 여행을 하지. 자네가 말한 대로 하면 자네는 세상에서 가장 긴 거리를 주파한 수영꾼이 될 거야. 어쩌면 가장 위대한 챔피언이 될 수 있을지도 모르지. 지상에서 영원까지 헤엄쳐 간 위대한 인물. 하지만 보이, 존스 씨를 위협할 생각일랑 꿈도 꾸지 마. 자네 눈앞에 앉아 있는 이 존스 씨라는 사람은 자네가 이제까지 만나본 사람 중 그 누구와도 닮지 않았어. 그는 아주 특별해. 아주 달라. 그는 이 세상에 하나뿐인 사람이라고."

"그 사진으로 뭘 하려는 겁니까?" 빌리가 물었다.

"잡지에 실으려고. 대령들의 집단수용소 중에서 가장 악명 높은 수용소의 선명한 사진 한 장, 그런 걸 바로 특종이라고 부르지, 보이."

영국 놈들은 아무한테나 '보이'라고 부르는 고약한 버릇이 있단 말이야. 빌리는 속으로 중얼거렸다. 자신들이 상대방에게 말을 걸어주는 게 무슨 큰 은혜를 베푸는 거라도 된다는 듯이. 그러면 상대방은 갑자기 그들의 심부름꾼이 된 것 같은 기분이 들지.

"기자증을 갖고 있나요?"

그는 기자증을 보여주었다. 피터 알렉산더 존스. 거기에는 그의 증명사진도 붙어 있었다. 사진 속의 그는 장교 같기도 하고 영국 신사 같기도 한 분위기를 풍겼다. 그 신분증에는 다음과 같은 내용이 적혀 있었다. '특파원, 중동, 나이지리아, 수단, 유효기간 일 년.'

"감쪽같군." 빌리가 말했다.

남자가 인정한다는 듯이 고개를 끄덕였다.

"완벽하지. 보이, 증명서가 필요하면 언제라도 말해. 여권, 출생증명서, 사망증명서, 뭐든 간에. 자네가 한 번도 본 적 없는 가장 완벽한 사망증명서까지도 만들어줄 수 있으니까, 보이. 필요하면 언제라도 말만 하라고."

빌리는 술잔을 내려놓았다.

"오천 달러! 절반은 미리 주고 나머지는 일이 끝난 다음에 주세요. 내가 영영 돌아오지 못할 수도 있으니까."

"자넨 이미 그곳까지 헤엄쳐 갔다 온 적이 있다던데?"

"물론입니다. 내가 걱정하는 건 그곳까지 갔다 올 수 있느냐 없느냐가 아닙니다. 문제는 암벽을 기어올라가 사진을 찍는 거예요. 그건 말처럼 쉬운 일이 아닙니다. 그곳은 기관총으로 중무장한 군인들이 지키는 요새 같은 곳이에요. 게다가 초계정이 계속 순찰을 돌면서 섬 주변을 감시하고 있어요. 몇 주 전에 터키 해안에서 신문기자들이 비행기를 타고 섬 상공으로 갔어요. 항공사진을 찍으려고 말입니다. 그런데 그들은 흔적도 없이 사라졌어요. 그 비행기가 어떻게 되었는지는 아무도 모릅니다."

"걱정이 지나친 것도 큰 병이지." 존스 씨가 분명한 어조로 말했다. "하지만 뭐, 그게 그렇게 걱정이라면 내가 약간 도와줄 수 있어. 난 그 섬에 관한 쓸 만한 정보들을 갖고 있으니까. 그곳에는 작은 동굴이 하나 있어. 눈에 띄지 않는 아주 아늑한 동굴이지. 그 동굴을 찾아서 그냥 쭉 따라가기만 하면 돼. 그러면 어느새 암벽 위에 올라가 있을 테니까."

페트로, 그 괴물 같은 영감탱이가 매수당했군. 빌리는 생각했다. 물론 믿기 어려운 일이었다. 하지만 외국인에게 그런 정보를 팔아넘길 인간은 페트로 외에는 아무도 없었다.

2

그 테라스는 에게 해의 수면 위로 이십오 미터 높이에 있었다. 대리석, 기둥, 암포르*, 그리고 화려한 저택을 장식하고 있는 그리스 조각, 불경스러울 정도로 완벽한 균형미를 뽐내는 고전적

---

* 고대 그리스인이 사용했던 손잡이가 달린 항아리.

인 건축물. 그 저택은 바위와 척박한 땅을 일구어낸 정원사들의 승리를 증명하면서 분홍색과 붉은색, 보라색으로 흐드러진 아네모네와 푸른 초목 속에 둥지를 틀고 있었다. 그 집은 어떤 영국인 소유의 별장이었다. 현관 위에는 금박으로 'peace'라는 글씨가 새겨져 있었는데, 조이스는 그 단어가 왜 그곳에 새겨져 있는지 도무지 이해할 수 없었다. 그건 단어상으로도 의미상으로도 전혀 나무랄 데가 없었지만, 지나칠 정도로 화려한 그 저택과는 왠지 어울리지 않는 것처럼 느껴졌다. 그 집의 가구는 하나같이 값비싼 골동품이었고, 그림 역시 모두 대가의 작품이었다. 그러므로 그것들은 아주 오래전에 누군가가 도둑맞은 것들인 게 분명했다. 심지어 그 집의 양탄자를 청소할 때마다 진공청소기 안으로 빨려들어간 그리스의 선주들을 만날 수도 있을 것 같았다. 존스 씨가 어떻게 그 저택을 손에 넣었는지, 그리고 그 저택이 왜 공짜로 그에게 양도되었는지, 조이스의 이데올로기적인 신념에 한 점 의혹을 던지는 것이 바로 그거였다. 왜냐하면 그 저택이 존스 씨에게 양도되었다는 사실은 그 나라 국민을 대대로 착취해온 억만장자들이 갑자기 압제에 회의를 느끼고 자유에 동참했다는 것을 훌륭하게 증명하는 것 같았기 때문이다.

에게 해와 하늘은 물결과 창공의 경계가 구분되지 않는 거대한 혼돈 속에서 서로 뒤섞이는 여과된 빛과 안개의 효과에 대한 이야기를 결코 들어본 적이 없는 듯했다. 고전주의가 윤곽의 명확성과 분명함을 의미하는 것이라면, 그건 고전적인 바다였다. 물결은 거의 헤아릴 수 있을 정도였고, 수평선은 일반적으로 생각하는 직선이 아니라 파선으로 이루어져 있었다.

존스 씨는 망원경을 눈에 갖다대고, 섬세한 금빛 콧수염 아래 냉소적이긴 하지만 만족스러운 미소를 띠고 있었다.

그녀는 존스 씨를 좋아하지 않았다. 그건 그가 외국인 용병이라는 사실과는 아무런 관계가 없었다. 그들이 '숭고한 대의명분'을 위해 함께 일하고 있다 하더라도, 그가 마음에 들지 않는 건 어쩔 수 없는 사실이었다. 전문가로서 그의 명성과 뛰어난 작전 수행 능력은 직업상의 제약이나 재정에 관한 근심걱정, 그리고 경제적 생존을 확보하기 위해 시간을 바쳐야 하는 여건 같은 것에서 완전히 벗어난 사람, 모든 난관을 극복하고 성공한 사람만이 가질 수 있는 것이었기 때문이다. 그처럼 유능하고 효율적으로 일을 처리할 수 있는 사람이라면, 개인적으로 막대한 재산을 소유한 신사 계급임에 틀림없었다. 그것은 다시 말해서, 누구든 일한 만큼의 대가를 조만간 받을 수 있다는 것을 의미했다. 조이스가 자기 동료에게서 특히나 마음에 들지 않았던 점은, 늘 빈정거리는 듯한 태도였다. 심지어 아주 비극적이거나 위태로운 상황에서도 그는 그런 태도를 버리지 않았다. 외모상으로 볼 때,

그는 금발의 영국인이 늙어갈 때 흔히 그렇듯 전성기가 좀 지난 퇴물 같은 분위기를 풍겼다. 그의 얼굴에는 잔주름이 자글자글했고 엷은 푸른색 눈에는 지나칠 정도로 창백한 빛이 감돌았다. 그의 목소리는 마치 거리 모퉁이에서 암거래를 하며 살아온 사람처럼 약간 쉰 듯하고 거칠었다. 그리고 이유는 알 수 없지만, 무절제한 생활을 해온 결과인 듯한 불그레한 안색과 흐리멍덩한 눈 때문에 그의 얼굴은 투사라고 하기에는 전혀 어울리지 않았다. 그의 얼굴은 순간적인 반사신경에 생존이 좌우되는 세계보다는 술집 한구석에서 쉽게 찾아볼 수 있는 그런 종류의 얼굴이었다.

"대단하군요." 그가 말했다. "정말 훌륭해. 그는 분명히 성공할 겁니다."

"만약 성공하지 못하면?"

"내 동료가 또다른 방법을 강구할 겁니다. 그 친구가 죽도록 싫어하는 말이 있는데, 바로 '불가능'이라는 단어죠. 그에게 그 단어는 욕이나 마찬가지예요. 누군가 그에게 '그건 불가능해'라고 말하면 그는 새파랗게 질릴 겁니다. 나는 그가 그 말에 왜 그렇게 민감하게 반응하는지 종종 궁금했어요. 내 생각에 그건 아마 생존과 직결된 문제인 것 같아요……"

그가 망원경을 내려놓았다. 그 즉시 조이스는 기분이 우울해졌다. 그의 눈 속에서 인형 눈에 달린 유리알이 반짝이는 듯한 빛을 보았기 때문이다. 존스 씨는 마흔다섯 살은 절대로 넘어 보이지 않았다. 하지만 얼어붙은 듯 꼼짝도 하지 않는 그의 시선을 볼 때면, 그가 돌이킬 수 없는 절망에 사로잡힌 게 아닌가 하는 생각이 들기도 했고 때로는 그의 심장동맥에 문제가 있는 게 아닌가 하는 의심이 들기도 했다. 그건 중증의 알코올중독자에게서 볼 수 있는 시선이었다. 하지만 그는 한 번도 취할 정도로 술을 마신 적이 없었다.

"내 동료는 '불가능'이라는 단어를 들을 때마다 자신이 죽음을 피할 수 없는 존재라는 것을 새삼스럽게 느낀다고 합니다. 그리스 신들과 불멸성을 열렬히 신봉하는 사람에게 그건 말할 수 없이 불쾌한 느낌이겠죠."

그들이 함께 생활한 지도 벌써 이 주가 넘었다. 조이스는 그동안 존스 씨가 열을 올리며 들려준 자기 '동료'에 대한 장황한 묘사에 넌더리가 났다. 존스 씨의 말에 따르면 그 동료는 항상 모든 것을 지켜보면서 감독하고 작전의 아주 사소한 부분까지도 정확하게 예측한다고 했다. 하지만 조이스는 그 사람을 아직 한 번도 본 적이 없었다.

"이봐요." 그녀가 말했다. "EAR은 이 프로젝트에 이미 삼만 오천 달러를 쏟아부었지만, 포드 재단은 지원금을 한 푼도 주지 않았어요. 우리는 사재를 털어 자금을 조달하는 수많은 독지가들의 도움만으로 이 프로젝트를 추진해오고 있단 말이에요. 나도 얼굴 없는 당신 동료를 만나고 싶은 생각은 별로 없어요. 하지만 때가 되면 당신 동료가 모습을 드러내는 게 좋을 겁니다."

"그는 우리와 함께 있을 겁니다." 존스 씨는 과장된 어투로 장담했다. "그는 항상 우리와 함께 있어요. 그는 가장 위험한 일은 직접 처리하는 타입입니다……"

조이스는 존스 씨가 입을 열 때마다 왜 그렇게 짜증이 났는지 그 이유를 불현듯 깨달았다. 그의 어투에는 연극적인 뭔가가 있었다. 그 남자가 목소리를 의도적으로 만들고 훈련했다는 것, 그리고 그의 쉰 목소리는 발성법을 체계적으로 배운 적이 없는 배우에게서 흔히 나타나는 증상이라는 것을 그녀는 분명하게 느낄 수 있었다. 게다가 언제나 단호한 그 어조 때문에 오히려 그가 무슨 말을 하건 전혀 진지하게 들리지 않았다.

하지만 그동안 그가 이룬 성과는 그의 능력을 충분히 입증해주었다. 지난 한 해 동안, 그와 그의 '동료'는 대단히 위험하고 중요한 구출 작전을 성공적으로 이끌었다.

"다만 그 젊은 친구를 전적으로 믿을 수는 없습니다. 그 친구가 우리를 배로 안내한 다음 즉시 배신할 수도 있으니까요. 그럴 경우에 대비해서, 내 동료만큼은 계속 자유롭게 활동할 수 있어야 합니다. 그래야 그가 우리의 뒤처리를 해줄 수 있으니까요. 내 동료가 전면에 모습을 드러내지 않고 배후에서 자유롭게 활동하는 건 절대적으로 필요한 일입니다. 우리 조직을 위한 최소한의 대비책이에요."

물론 그의 말은 틀리지 않았다. 그녀는 미소를 지었다.

"두 분이 함께 일한 지는 얼마나 되었죠?"

"오래되었습니다. 우리가 최초로 맡았던 임무는 점령당한 유럽에서 중요한 정치가들을 탈출시키는 것이었죠……"

그는 말을 하다 말고 갑자기 얼굴을 찡그렸다.

"이런 얘긴 해서는 안 되는 건데. 그때 일은 생각만 해도 십 년은 폭삭 늙어버리니까. 하지만 귀찮은 일이 아직 한 가지 더 남아 있어요." 그는 망원경을 다시 눈에 갖다댔다. 하지만 동작이 그다지 빠르지 않았다. 그녀는 이미 그의 눈에 비치는 불안의 흔적을 간파했다.

"통계. 확률의 법칙. 이봐요, 친애하는 동지, 우린 지금까지 한 번도 실패해본 적이 없어요…… 그러니까 이제 확률의 법칙이 슬슬 어긋나기 시작할 때가 온 겁니다. 조만간 상황이 악화될 게 틀림없어요. 그런 게 바로 통계학이니까요. 통계. 그렇기 때문에 우린 최소한의 가능성도 스며들지 못하도록 미연에 방지해야 하는 겁니다. 아무리 사소한 요인이라 할지라도. 물론 그런

게 스며들 리는 없겠지만."

"나 역시 진심으로 그러길 바랍니다." 그녀가 말했다. "당신들이 이번 일에 실패하지 않기를 빌겠어요."

망원경 아래에서 다시 미소가 떠올랐다.

"고맙소, 동지." 존스 씨가 말했다.

바닷물은 너무도 맑아서 마치 중력과 육체로부터 벗어난 채 우주 공간 너머로, 쌓여 있는 흰모래와 산호의 은밀한 우주 속으로 미끄러져 들어가는 것 같은 기분이 들었고, 고독의 감미로운 떨림에 결코 싫증이 나지 않았다. 게다가 중력이 줄어들면서, 심장을 짓누르는 약간의 무게마저 이미 가벼워진 몸의 무게와 함께 사라졌다. 며칠 전부터 그는 자기 몸을 최상의 상태로 만들기 위해 매일 삼십 킬로미터 이상의 거리를 헤엄쳤다. 그는 자신감이 평온한 확신으로 변할 때, 바로 그때가 최상의 상태라는 것을 알고 있었다. 평정심. 냉철한 침착성.

그는 옷을 벗어둔 작은 만으로 다시 헤엄쳐 돌아왔다. 그곳에는 화산모래와 불에 그을린 용암과 검은 바위로 이루어진 모래톱이 펼쳐져 있었다. 위험을 무릅쓰고 그곳에 가려는 사람은 아무도 없을 것이기 때문에 오히려 그곳은 완전히 고독한 장소였다. 암벽이 시작되는 곳까지 이르는 길은 아주 좁을 뿐만 아니라 몹시 가팔랐다. 터키인과 해적이 전쟁하던 시절 이후로 그 길을 이용한 사람이 거의 없었던 게 분명했다. 아주 오랜 옛날 캄캄한 한밤중에 애국지사들에게 무기를 전달하러 온 배에 만의 위치를 알려주기 위해 불을 밝혔던 봉화대의 흔적이 아직까지 남아 있었다. 간혹 그 불은 반란을 진압하러 온 터키군을 맞이하려는 배신자들의 손에 의해 밝혀지기도 했다. 그는 모래톱 위로 올라가 해변을 따라 걸으면서 어떤 짤막한 곡을 휘파람으로 불었다. 다섯 시간 동안 헤엄을 친 후에 숨을 어느 정도까지 조절할 수 있는지 확인해보기 위해서였다. 그러고 나서 그는 손목시계를 들여다보았다. 정확히 네 시간하고도 삼십구 분 만에 이십칠 킬로미터를 헤엄쳤다. 그건 이즈미르의 터키인 알리 레자, 아카풀코의 조니 갈라도, 또는 수영계에서 이미 오래전에 사라졌지만 지금까지도 가장 위대한 수영선수라고 추앙받는 카탈리나의 딕 코베트에 이르기까지, 대단히 뛰어난 수영선수 가운데 누구도 해내지 못한 기록이기도 했다. 그는 모래사장에 앉아, 자기가 알고 있는 또다른 인물들을 떠올렸다. 샌프란시스코의 돈 자레크, 샌타바버라에서 카탈리나 섬까지 횡단하던 도중에 실종된 벨에어 스미스, 그리고 로스앤젤레스에서 자동차 정비소를 하겠다고 바다를 떠나 현재는 중고차를 팔고 있는 피터 코너. 마침내 진정한 행복을 찾았다며 입에 거품을 물고 떠들어대던 그의 모습에 그

다음 날 그가 목을 매달지도 모르겠다는 생각마저 들었던……

"일어나."

세 남자가 그의 눈앞에 서 있었다. 그중 한 명은 총신이 짧은 경기관총을 오른팔에 끼고, 왼손에 짧은 시가를 들고 있었다. 가운데에 선 남자는 소총을 들고 있었다. 세번째 남자는 무기라고 해봐야 까맣게 그을린 두 손이 전부였지만, 그 손만으로도 충분했다. 그 두 손은 빌리가 이제까지 보았던 손 중에서 가장 크고 무지막지했다. 신화를 떠올리게 할 만큼 거대하고 위협적이었다.

그는 일어섰다. 세 남자는 전에 한 번도 본 적이 없는 사람들이었다. 만약 본 적이 있었다면 분명히 기억했을 것이다. 그들은 우리가 그리스에 직접 가보기 전에 상상하는 그런 그리스인처럼 생겼기 때문이다. 대리석과 돌로 된 조각상에서 본 그리스인. 데모크라시나 아크로폴리스 아니면 트로이, 아킬레스, 헤라클레스 같은 이름을 생각할 때 머릿속에 떠오르는 그런 유의 그리스인.

그들은 자유를 생각하는 순간 떠오르는 그런 부류의 그리스인처럼 생겼다.

경기관총을 들고 있는 남자의 얼굴은 햇볕에 검게 그을렸고, 코는 짧고 갈고리 모양으로 휜 데다 검은 콧수염을 길렀으며 눈은 옅은 초록색이었다. 미제 카빈소총을 들고 빌리의 배에 총구를 겨누고 있는 키가 가장 작은 남자의 얼굴은 살인자를 연상시켰다. 얇은 입술, 납작한 코, 짙은 눈썹 아래 살기가 느껴지는 잔인한 눈빛. 그의 손가락이 방아쇠를 당기지 않고 그대로 있는 것이 거의 기적에 가까울 정도로 잔인한 시선이었다. 세번째 남자는 위에 아무것도 입지 않았고 청바지는 무릎까지 걷어올렸다. 그는 금발에 챙 달린 해군 모자를 쓴 거인이었다. 그의 얼굴에는 십자가가 새겨져 있었다. 그렇게 묘사하는 외에 달리 방법이 없다. 마치 누군가가 그의 얼굴에 십자가를 그으려고 일부러 예리한 칼을 휘두른 것처럼, 두 개의 깊은 흉터가 얼굴을 가로지르면서 코 위에서 교차했던 것이다.

"좋아, 자네 말을 한번 들어보지." 그 남자가 말했다.

그의 억양은 그리스적이었다. 하지만 십자가 면상은 오랫동안 미국에 살았던 게 분명했다. 단번에 알 수 있었다.

"무슨 말을 하라는 겁니까?"

십자가 면상이 모래를 툭툭 걷어찼다.

"우린 이미 어느 정도는 알고 있어. 존스라는 작자에 대해서도 알고 있지. 우린 그 자가 이 섬에 발을 디딘 순간부터 그의 일거수일투족을 감시해왔기 때문에 모르는 게 없다고. 우리가 알고 싶은 건 다른 자야. 누가 너를 고용했지?"

"도대체 무슨 말을 하는 건지 모르겠군요." 빌리가 말했다. 그는 소총이 원을 그리며 한 바퀴 도는 것을 보았다. 곧 개머리판이 그의 턱을 후려쳤다. 그는 휘청하면서 모랫바닥에 나가떨어졌다. 그의 눈앞에서 세상이 사라졌다가 다시 천천히 모습을 드러냈다.

"일어서."

그는 다시 일어섰다. 십자가 면상이 그를 무섭게 쏘아보았다.

"잘 들어, 애송이." 그가 말했다. "난 네가 뛰어난 수영선수라는 걸 알고 있어. 챔피언이었다는 것도 알아. 하지만 난 말이지, 내 분야에서는 너보다 훨씬 더 뛰어난 사람이야. 네 수영 솜씨보다 내 사람 죽이는 솜씨가 더 뛰어나다 이 말씀이야. 그리고 난 빨갱이를 좋아하지 않아. 우린 평범한 경찰이 아니야. 정치 경찰이라고. 네가 알고 있는 걸 우리한테 전부 불어. 정확히 이 초 주겠다. 너를 고용한 자는 지금 어디 있지? 누가 명령을 내리지? 그들이 섬에서 만나려고 한 죄수가 누구야? 놈의 이름을 대. 우리가 원하는 건 그것뿐이야. 그들은 섬까지 헤엄쳐서 그자와 접촉하는 대가로 너에게 천 달러를 줬지. 우린 이미 알고 있다고. 페트로가 우리에게 전부 털어놨어……"

여자들은 빌리에게 세상에서 가장 순진무구한 눈을 가졌다고 말하곤 했다.

"존스 씨라니, 그게 누구죠? 페트로라면 잘 알아요. 하지만 나는 페트로에게 한 번도 그런 말을 한 적이 없어요. 나는 정치에 별로 관심이 없어요. 그리스 정치는 더더욱 관심 없고요."

"어이, 그렇다면 관심을 갖는 게 신상에 이로울 거야. 그것도 되도록 빨리." 십자가 면상이 말했다. "페트로는 죽었으니까. 그리스 정치에 별로 관심이 없었기 때문에 죽었지. 하지만 그리스 경찰인 우리는 그리스 정치에 관심이 아주 많아. 우린 정치인이야. 애국자란 말이지. 그래서 말인데, 우린 네 친구인 그 교활한 여우가 무슨 일을 꾸미는지 전부 알고 싶어."

빌리는 미소를 지으면서 고개를 끄덕였다.

"확실히 당신은 영어를 정말 잘하는군요." 그가 말했다.

십자가 면상이 고개를 끄덕였다.

"그래, 난 미국인이었어." 그가 시인했다. "미국에서 군복무를 마쳤지. 하지만 난 그리스로 돌아왔어. 조국이 나를 필요로 했으니까. 나는 미국 군대에서 많은 것을 배웠어. 그리고 조국으로 돌아와 정치 경찰이 되었지……"

빡빡 민 머리통과 거대한 손을 가진 거인이 잔뜩 화난 표정으로 그리스 말로 뭐라고 지껄였다. 그 순간 빌리는 자신의 그리스어 실력이 놀랄 만큼 늘었다는 것을 알아차렸다. 그 거인이 한 말은 이런 뜻인 듯했다. "우린 지금 시간을 낭비하고 있어. 이 녀석의 불알을 자르기만 하면 간단하게 해결될 일을 가지고."

십자가 면상이 고개를 끄덕였다.

민대가리가 등 뒤에서 칼을 꺼냈다.

옅은 색 눈과 매부리코의 사내가 화를 내면서 몇 마디 말을 내뱉었다. 하지만 말이 너무 빨라 빌리는 하나도 알아들을 수 없었다.

이제 방법은 한 가지밖에 없었다. 빌리는 곧 그 방법을 행동으로 옮길 생각이었다. 그는 바닷속에서 죽을 것이다. 그가 항상 꿈꿔왔던 대로, 번개처럼 빠르게 바다까지 달려가 물속에 뛰어들기. 그들이 그의 등에 몇 발의 총알을 박아넣는다 해도 그는 성공할 자신이 있었다. 하지만 그들은 조금도 빈틈을 보이지 않았다. 민대가리가 빌리 뒤로 다가서더니 갑자기 빌리를 움켜잡고는 바위에다 냅다 집어던졌다.

그는 거울처럼 반짝이는 소총의 총신을 보았다.

"이봐 애송이, 이게 마지막 기회야. 말해. 누구지? 그 죄수의 이름이 뭐냐 말이다. 그들은 왜 다른 죄수들을 놔두고 그 자를 도와주려는 거지? 그가 대장인가? 그가 비밀 조직의 우두머리야?"

빌리는 익사자의 얼굴을 떠올렸다. 그 시신의 얼굴이 머릿속에 또렷하게 되살아났다. 마치 그 사람이 지금 여기, 그 앞에 있는 것처럼 또렷하게. 자신감이 넘치고 귀족처럼 수려한 이목구비. 금발의 그리스 사람은 정말 보기 힘든데. 그는 생각했다. 얼굴이 그러한 사람이 있다는 걸 알게 된 것만으로도 위안이 돼. 자랑스러운 배에 어울리는 자랑스러운 선수상, 자유라고 불리는……

"어이, 일어나, 애송이."

그 목소리는 부드럽고 온화했다.

십자가 면상은 들고 있던 소총을 내려놓았다. 빡빡머리에 웃통을 벗은 고릴라가 낄낄댔다. 짙은 색 옷을 입은 세번째 남자가 미소를 지었다.

바위 뒤에서 난쟁이같이 작달막한 사람의 형체가 불쑥 튀어나왔다. 페트로였다.

"제기랄, 도대체 이게……" 빌리가 입을 열었다.

페트로는 레트시나 술병을 손에 들고 빌리가 있는 곳까지 단숨에 달려왔다.

"마셔. 내가 이 친구들에게 잘 말해놨어. 이렇게 말했지. '그 친구는 좋은 미국인이야. 그는 자유를 사랑해. 우린 그 미국 젊은이를 믿어도 돼, 이 페트로의 말을 믿어.' 하지만 이 친구들은 나 같은 늙은이의 말은 믿으려 하지 않았어. 이들은 자네를 시험해보고 싶어했지. 하지만 이제 이들도 알게 되었어. 이 페트로 님은 아무리 멀리 떨어진 곳에 있어도 자유인의 냄새를 맡을 수 있다는 걸 이제 이 친구들도 알게 된 거지. 정말로 자유로운 사람. 쭉 들이켜, 친구."

"어처구니없군." 빌리는 그렇게 말하면서 그가 건네준 술병을 받아 벌컥벌컥 들이켰다. 그러고 나서 느닷없이 물었다.

"그런데 만약 내가 말했으면? 만약 당신들에게 내가 알고 있는 걸 털어놓았으면? 그랬다면 날 어떻게 하려고 했지?"

십자가 면상이 매력적인 미소를 지었다.

"네 목을 따버렸겠지." 그가 말했다.

빌리는 술병을 다시 입으로 가져갔다.

그후에 그들은 서로의 어깨를 연신 두드려주고 시끌벅적하게 떠들어대면서 암벽을 기어올라갔다. 모든 사람이 동시에 쏟아내는 그리스어의 홍수. 1915년에 수많은 터키 군인이 기어올라가다 애국자들의 총탄에 목숨을 잃었던, 거의 수직으로 깎아지른 그 험준한 길을 따라 올라가는 것보다 그리스어의 홍수 속에서 알아들을 수 있는 말을 찾아내는 게 훨씬 더 어려웠다. 그건 온 사방에서 자라는 빽빽하고 가시 많은 단어들의 덤불을 헤치고 앞으로 나아가는 것과 거의 비슷했다. 십자가 면상은 미국을 찬양하는 노래를 불렀다. 그의 말을 그대로 옮기자면, 미국은 세계의 어떤 나라보다 개인의 자유를 보장해주는 나라였다. 그가 그리스어로 생각하고 그 생각을 오직 자기만 알아들을 수 있는 영어로 번역하고 있다는 것을 사람들은 분명히 알 수 있었다. "모든 미국인은 자유를 향해 전진한다.""자기 손으로 우물을 파서 자유를 마신다.""내 심장은 자유롭게 뛰고 있다.""와이오밍에서 자유인들이 외치는 천둥 같은 함성이 들린다." 그런데 이 엉뚱하고 괴상한 말 속에는 광대하고 자유로운 공간의 힘, 강이나 초원이나 바다에 속한 것이 아니라 구속할 수 없는 인간의 정신과 마음에 속하는 격렬하고도 저항할 수 없는 힘 같은 것이 있었다. 빌리가 이제까지 본 것 중에 가장 숱 많은 눈썹을 가진 매부리코 남자, 살기가 느껴지는 얇은 입술의 남자, 그리고 네 사람 중에서 가장 덜 수다스러운 남자가 시커멓게 썩은 이를 드러내며 싸늘한 미소로 공감을 표시했다. 그가 저항 운동에 얼마나 유용한 인물인지 알기 위해서는 그를 한번 슬쩍 쳐다보는 것만으로도 충분했다. 그렇게 흉측하고 무시무시하게 생긴 남자가 자유라는 숭고하고 아름다운 목적을 위해 일하고 있으리라고는 경찰도 스파이도 결코 상상하지 못할 것이기 때문이다. 절대로 찾아낼 수 없는 증거. 예를 들어, 우리는 단지 여자들이 아름답다는 이유로 언제나 여자들에게 속는다. 우리는 여자들을 잘못 판단한다. 페트로가 그 남자 옆에서 맨발로 바위를 기어올랐다. 염소치즈 냄새를 지독하게 풍기면서, 난쟁이 똥자루 같은 몸에 소크라테스, 넵투누스, 신화를 연상시키는 머리통을 달고서. 사람들은 아주 숭고하게 생긴 그 얼굴을 쳐다보다가 그 인간이 실제로는 도둑놈에다 사기꾼이라는 사실을 알게 되면, 그 머리통이 원래 그의 것이 아니라 그가 다른 누군가에게서 훔쳐다가 자기 목에 갖다붙인 거라고 생각하기 시작했다.

"제발 부탁이야, 나한테 화내지 마."

"입도 뻥긋하지 마, 이 개자식아!"

"난 이들에게 분명히 말했어, 이 친구는 진짜라고, 실력이 굉장하다고, 당신들은 이 친구를 백 퍼센트 믿어도 된다고 말이야. 하지만 이들은 자기들 눈으로 직접 확인하고 싶어했어. 이 친구들도 위에서 명령을 받았으니까."

"아가리 닥쳐! 더러운 영감탱이, 당신이 입을 열 때마다 썩은 내가 진동하니까. 당신은 지금 대기를 오염시키고 있어. 공해방지법이란 게 있다는 것도 몰라?"

"가슴이 찢어지는 것처럼 아프군." 페트로가 징징대며 말했다. "하지만 이들은 자네가 정말로 믿을 수 있는 인물인지 아닌지 직접 확인해야만 했어. 배신자들이 도처에 우글거리고 있으니까."

그들은 작고 하얀 교회에 다다랐다. 섬의 여기저기에서 번식하는 칠팔천 개의 교회 중 하나였다. 주위에는 메마른 땅이 펼쳐져 있을 뿐 다른 건 아무것도 없었다. 그래서 작고 하얀 교회는 사람이 만들어놓은 건물이 아니라, 하늘에서 뚝 떨어져 그 절벽 가장자리에 위태롭게 서 있는 것처럼 보였다. 자신의 여행이 어떤 것이든, 완주해야 할 거리가 얼마이든 간에, 그 풍경 속에 마치 양 떼처럼 듬성듬성 흩어져 있는 작고 하얀 교회들 중 하나 앞에 다다를 때마다, 사람들은 목적을 이룬 것 같은 느낌을 받곤 했다. 빌리는 그들에게 그 교회에 머물겠다고 말했고, 그들은 동의했다. 그들이 함께 있는 모습을 마을 사람들에게 보이지 않는 게 더 나았다. 마을 도처에 경찰이 깔려 있을 뿐만 아니라 마을 사람 중에도 경찰에 매수된 끄나풀이 많았기 때문이다. 십자가 면상은 빌리의 어깨에 거대한 손을 올려놓고, 디마지오는 위대한 사람이며 빌리를 자랑스러워할 거라고 말했다. 나이 차가 이십 년이나 나는 사람을 만난다는 건 굉장한 일이었다. 백만 년 전에 이미 소멸하여 더이상 존재하지 않는 별이 계속 반짝이는 것처럼, 자신의 영롱한 빛으로 아메리카 대륙을 아직도 반짝이게 하는 남자를 만난다는 것은. 그는 텅 비고 서늘한 교회 안으로 들어가 바닥에 드러누워 눈을 감았다. 그리고 언젠가 〈로스앤젤레스 타임스〉에 실렸던 것처럼 '대양 한가운데서 수심 백 미터 아래로 내려가 있어도 아무렇지도 않은 젊은이', 바다에서 나올 때마다 완전히 그 의미를 잃어버리곤 하던 '자유'라는 단어를 위해 목숨을 걸었던 젊은이 빌리의 모습을 생각해내려 애썼다. 그가 찾아낸 유일한 대답은 한 익사자의 강렬하고 원초적인 시선 속에 있었다.

그는 서늘한 돌바닥에 누워 그대로 잠이 들었다. 그리고 감미롭고 포근한 꿈을 꾸었다. 여자들이 자기 입술을 그의 입술에 대고 누르는 이상야릇하고 관능적인 꿈이었다. 외로운 사람들이 다 그렇듯 그 역시 꿈을 자주 꾸는 편이었다. 하지만 그처럼 생생한 꿈은 거의 꾸어본 적이 없었다. 여자의 허리와 어깨를 껴안으려고 팔을 들어 올릴 정도로 실감나는 꿈은. 그는 잠에서 깨어났다. 그런데 더이상 꿈을 꾸지 않은데도 그의 꿈은 여전히 계속되었다.

여자가 빌리의 얼굴을 내려다보면서 미소를 짓고 있었다. 여자의 긴 금발 머리가 그의 얼굴에 닿을 듯 쏟아져 내렸다. 그녀의 얼굴은 그가 해질 녘에 페레트라스에서 본, 해변을 따라 걷고 있던 차갑고 신비로운 이방인 여자의 얼굴이 더이상 아니었다. 그녀의 얼굴은 생명력과 열기와 애정으로 가득 찬 환영이었다. 인간이 평생 동안 제기할 수 있는 온갖 의문에 대한 대답과 단순한 아름다움의 차이를 분간하게 해주는 미소를 머금은 얼굴.

"믿을 수가 없어." 그가 말했다.

그녀가 웃었다.

"당신이 눈을 뜨면 난 사라지고 없을 거야."

그는 그녀를 자기 쪽으로 끌어당기려 했다. 하지만 그녀는 고개를 치켜들었다.

"안 돼, 그러지 마. 그러면 당신 꿈을 망치게 될 거야. 꿈을 현실로 만들려 하는 순간, 그 꿈은 사라지고 말아."

"자주 그랬어?"

"한두 번. 잠에서 깨어나는 게 아주 힘들었어."

"난 그런 거 싫어."

"알아. 그러니까 그냥 그대로 있어. 손은 저리 치우고."

그는 고개를 끄덕이며 그녀를 놓아주었다.

"내가 이제까지 교회에서 보낸 순간 중에 최고의 순간이야." 그가 말했다. "이 섬에는 수백 개의 교회가 있어. 우리 미래도 여기에 있고. 하루에 한 채씩 교회를 짓는다 해도 이 년이 걸려."

그녀는 그의 말에 귀를 기울이지 않았다. 그녀는 입고 있는 블라우스 속에서 지도를 꺼냈다. 그녀의 표정, 눈빛, 목소리가 완전히 변했다. 그녀의 얼굴 표정이 달라지면서 온화한 금빛 광채도 사라졌다. 그는 전에도 그런 표정을 본 적이 있었다. 바다로 들어갈 준비를 하고 있다가, 자기를 기다리는 건 힘겨운 싸움이 아니라 온몸을 다해 몰입하게 될 필사적인 승리의 추구라는 것을 갑자기 망각해버린 수영선수의 얼굴이 바로 그랬다.

"자, 여기 데르보스 지도가 있어. 여기가 바로 수용소야. 수용소 근처 축척은 다양해. 수용소 내의 축척은 두 배나 더 크지. 하지만 크게 문제될 건 없어. 어쨌든 당신은 그곳까지 헤엄쳐 가서 사진을 최대한 많이 찍은 다음 이리로 되돌아와야 해. 임무를 무사히 마치면, 우린 당신을 아주 안락하고 편안하게 살도록 해줄 거야."

그녀는 청바지 위에 기다란 부츠를 신고 있었는데, 부츠 속에 필요한 모든 것이 들어 있었다. 지도, 만년필, 안경, 시가. 지붕 아래에서 제비 두 마리가 날고 있었다.

"어쩌다 이런 일을 하게 된 거지?"

"왜? 내가 이런 일을 할 사람같이 안 보여?"

"그런 뜻이 아니야. 내 말은 하필이면 왜 그리스에?"

"지금으로서는 우리 코앞에서 가장 심한 악취를 풍기는 곳이 바로 이곳이니까. 중국도 러시아도 아프리카도 아닌 그리스. 유럽 연합국이면서……"

그는 무력하게 고개를 끄덕였다.

"상관없어, 난 정치엔 관심 없으니까. 난 자유롭게 태어났어, 그뿐이야. 게다가 내가 왜 그 일을 하겠다고 했는지 이유조차 잘 모르겠어. 물론 돈 때문이라고 할 수 있지. 하지만 그게 다는 아니야. 내가 그걸 받아들인 건, 어떤 남자의 얼굴을 보았기 때문이야…… 음, 관두자. 하지만 섬의 다른 쪽과 마찬가지로 이쪽 역시 발을 디딜 만한 장소가 전혀 없어. 오십 미터 간격으로 기관총이 설치되어 있으니까. 그리고 단 한 번에 그렇게 먼 거리를 헤엄쳐 건널 수 있는 사람은 아무도 없어. 나라도 그건 불가능해."

그녀는 부츠 속에서 담뱃갑을 꺼냈다. 그 순간 그는 권총을 보았다. 커다란 권총이었다. 그는 새삼 그 여자의 얼굴을 다시 쳐다보았다. 권총 때문에 그녀의 얼굴이 다시 한번 낯설어 보였다. 금발과 푸른 눈에도 불구하고 음울해 보이는 얼굴. 그는 그녀가 자기를 껴안고 키스하던 그 여자라는 것을 더이상 믿을 수 없었다. 하지만 그녀의 팔과 다리, 그의 뺨을 누르던 그녀의 뺨, 거의 모성적인 느낌을 주던 부드럽고 포근한 온기는 분명히 그녀의 것이었다. 그는 미소를 지었다.

"왜 그래?"

"난 지금 잠에서 깨어나는 중이야." 그가 말했다. "당신이 가지고 있는 그 지도는 현실적인 것들로 가득 차 있으니까. 그리고 그 권총 말인데, 왜 권총을 갖고 다니는 거지?"

"쓰일 때가 있으니까."

"그걸 자주 사용했어?"

"내가 사격술에 일가견이 있다는 걸 말해둘 필요가 있겠군. 난 아주 어려서부터 사격 훈련을 받았어. 앙브로즈 드 벨랑의 딸이거든."

빌리는 존경심을 느꼈다. 물론 그 이름은 한 번도 들어본 적이 없었다. 그렇지만 그 사람은 위대한 인물이었던 게 틀림없었다. 그 이름을 말할 때 자기 아버지를 자랑스러워한다는 것을 그녀의 눈에서 읽을 수 있었으니까. 하지만 사실 그건 아무것도 증명해주지 않는다. 어떤 것을 자랑스러워하느냐는 사람마다 다르기 때문이다.

조그라포 형제들은 모두 석공이었다. 그들 형제는 모두 다섯이었고, 그들이 사랑하는 것은 오직 돌과 자신들의 선조에 대한 기억뿐이었다. 그리고 그들이 믿는 대로, 그 선조는 '진정한 그리스가 보일 만큼 멀리'까지 거슬러 올라갔다. 조그라포 형제들이 '그리스'라는 단어를 발음할 때, 그들 옆에 있는 사람들은 고향도 뿌리도 없는 것 같은 느낌, 선조가 전혀 없는 것 같은 느낌, 이 대지 위에 자신의 뿌리와 선조에 대해 말할 만한 장소를 전혀 갖고 있지 않은 것 같은 느낌을 받곤 했다. 그 형제들이 사는 마을은 거대한 산 중턱에 자리잡고 있었는데, 그 산은 조그라포 오형제의 보호자 같은 표정으로 그들을 위해 불침번을 서는 여섯번째 조그라포 같아 보였다. 하지만 죽기 훨씬 전에 대지와 하나가 된 듯한 사람들이 그리스에는 아주 많다는 사실을 말해둘 필요가 있다. 아주 가까이에서, 바로 옆에서 자세히 관찰해보면, 피와 살이 아닌 질료로 만들어진 거대하고 육중한 손을 가진 화강암 조각과 나무 조각을 쉽게 찾아볼 수 있다. 그것들은 전염병처럼 널리 퍼져 있다. 그 집 마당에는 화강암이 가득 들어차 있었다. 그래서 해가 강렬하게 내리쬘 때면 그곳은 불가마처럼 이글거렸고, 저녁 일곱시가 되어 태양이 마침내 사람들을 놓아줄 때면 그들은 심장이 마치 삶은 계란처럼 단단하게 구워진 것 같은 기분이 들곤 했다. 그들은 신호가 떨어지기를 기다리며 연장을 넣어둔 움막 안에서 잠을 잤다. 어쨌든 조르주 대장이 기다리고 있던 건 바로 그거였다. 그게 어떤 신호인지는 절대로 말하지 않으려 했지만. 그는 밤이면 자리에서 일어나, 마치 눈부신 천상의 빛으로부터 눈을 보호하려는 것처럼 두 손을 눈 위에 갖다대면서 밖으로 나갔다. 그러고는 고개를 끄덕이면서 혀 차는 소리를 냈다. "아직도 신호가 떨어지지 않았군. 꽤 늦는걸? 완전히 개판이라니까. 그래, 이럴 줄 알았어."

그는 조끼 주머니에서 시가를 꺼내 조심스럽게 불을 붙였다.

"제기랄, 자유란 건 이래서 탈이야. 집단수용소 같은 통제 수단 없이는 자유를 제대로 관리할 수 없거든. 하긴, 자유라는 게 원래 예술이랑 비슷하니까…… 징조 따윈 전혀 없어."

그는 눈을 부릅뜨고 하늘을 계속 유심히 살펴보았다. 마치 맑게 갠 새날이 시작되리라는 것을 알려주는 새로운 성좌가 하늘에 나타나기를 기다리는 것처럼.

'로맹 가리'라는 퍼즐의 새로운 조각, 또는 그의 세계를 관통하는 씁쓸함

로맹 가리. 어디서 어떻게 태어나 어떤 영욕을 겪고 어떤 결과물들을 내놓았으며 어떻게 죽었는지에 관해서까지, 그의 행적은 필요 이상으로 세세하게 알려져 있고, 그래서 우리는 쉽게 그를 '안다'고 생각한다. 하지만 그가 누군지 알고 있다고, 이제 알 것 같다고, 그라는 존재에 대해 마침표를 찍으면서 그를 어떤 범주 속에 가둬놓으려 할 때마다, 그는 그것에 저항하고 세상을 조롱하면서 완전히 다른 모습을 드러내곤 했다. 인간의 한계를 실험했던 르네상스적인 인간. 하나의 틀에 안주하지 않기 위해 쉼 없이 변신을 시도하며 또다른 자아를 찾으려 했던 고독한 인물. 세상과 자기 자신에게 거울 놀이를 제안했던 사람…… 그래서 그는 사후 이십팔 년이라는 세월이 지난 지금에도 '로맹 가리'라는 퍼즐에 또하나의 조각을 던져주면서 우리를 놀라게 한다.

우리에게 전혀 알려지지 않은 일곱 편의 단편을 모아놓은 이 작품집은 로맹 가리가 소년기를 겨우 벗어난 해인 1935년부터 죽기 몇 년 전인 1970년대에 이르기까지, 다시 말해 문학에 막 발을 내디딘 청년 가리부터 정점에 도달한 모험가 가리, 그리고 문학과 세상에 환멸과 애증을 느끼던 중년의 가리에 이르기까지, 그가 밟아온 정신적 여정을 따라가볼 수 있다는 의미심장한 가치를 지니고 있다.

스물한 살의 앳된 청년이 바라본 세상치고는 씁쓸하기 그지없는 「폭풍우」와 「사랑스러운 여인」, 무솔리니의 이탈리아 군대에 맞선 에리트레아(아프리카 북동부) 전쟁 경험이 묻어나는 「냐마 중사」, 그리고 자신이 참여했던 전쟁과 사라진 전우들을 직접 언급한 보기 드문 텍스트에 속하는 「인문지리」와 「십 년 후 혹은 세상에서 가장 오래된 이야기」, 내용에 있어서나 문체에 있어서나 에밀 아자르의 탄생을 예고하는 듯한 「마지막 숨결」, 그리고 뭔가 재미를 느끼기 시작할 즈음에 갑자기 이야기를 멈추어버리는 「그리스 사람」. 이 단편들에서 로맹 가리는 우리를 퓌지 섬, 아메리카, 인도차이나, 영국, 아프리카, 그리스로 종횡무진 이끌고 다니면서 다양한 삶의 단편들을 보여준다.

그리고 여기서 한 가지 짚고 넘어가야 할 문제가 있다. 「마지막 숨결」과「그리스 사람」에서는 시점이나 상황에 있어서 앞뒤가 맞지 않는 부분들이 드문드문 눈에 띄고 등장인물들의 지시어가 다소 혼란을 주고 있는데, 그 점에 대해서는 이 두 작품이 완성된 소설이 아니라 미완의 초고라는 사실을 감안해야 할 것이다. 미완성 작품들에 대한 정보를 접하지 않고 곧바로 소설을 읽기 시작한 독자들은 아마도 이런 부분을 발견하고 분명히 당황할 것이다. 하지만 세부적인 오류에 집착할 필요는 없다. 이 소설집이 우리에게 제안하는 것은 창작 중인 작가를 발견하는 것, 로맹 가리의 창작 과정을 덮치는 것이라고 볼 수 있기 때문이다. 대중적으로 인정받기 전에 쓰인 초기 작품들, 아직 다듬어지지 않은 초고들, 미완성인 채로 남겨진 텍스트들, 그리고 오류가 있으면 있는 대로, 거친 상태 그대로 우리 앞에 제시된 텍스트들…… 그래서 이 책에 모은 작품들은 한창 글을 쓰는 중인 로맹 가리, 우리에게 약간은 낯선 로맹 가리를 포착하게 해준다.

더욱이「마지막 숨결」과「그리스 사람」은 앞으로 탄생될 텍스트들의 밑그림을 제공해주기도 한다.「마지막 숨결」은『이 경계선을 넘어서면 당신의 티켓은 유효하지 않습니다』에서 나타나게 될 주제들을 시사하고,「그리스 사람」은『게리 쿠퍼여 안녕히』를 상기시킨다(예를 들어, 중심인물 빌리는『게리 쿠퍼여 안녕히』에 나오는 인물, 그리스에 살고 있는 미국 국적의 전 수영

챔피언이자 예술작품을 훔치는 레니의 먼 친척과 흡사하다). 이런 부분들을 통해 우리는 가리가 자신의 글을 어떤 식으로 구축했는지 짐작할 수 있다.

그런데 성공과 실패, 야망과 환멸, 영광과 쇠락, 극적인 사랑과 죽음, 그리고 그 사이사이를 수놓고 있는 반전들에 이르기까지, 제삼자의 시각에서 볼 때 더할 수 없이 흥미진진한 그의 인생, 소설보다 더 소설 같은 그의 드라마틱한 인생이 그의 문학을 이해하는 데 필수적인 열쇠이자 장식으로 작용해온 것도 사실일 것이다. 그리고 어떤 면에서 그것은 그의 소설을 텍스트 자체로 읽지 못하게 방해하는 걸림돌이 되기도 한다. 그의 어떤 작품, 어떤 스토리에서 그의 경험을 유추하고 어떤 문장에서 그의 내력을 읽으려 하거나 작중 인물에 그를 대입하려 하는 유혹을 물리치기가 어렵기 때문이다. 이 작품집에서도 그의 자전적 요소들을 충분히 발견할 수 있다. 아니, 여기에 실린 단편들은 그의 다른 작품들보다 훨씬 더 실제와 밀착되어 있다. 그중에서 특히 「마지막 숨결」은 더욱 그러하다. 1960년 장 뤽 고다르가 감독한 〈네 멋대로 해라〉의 원제가 이 소설의 제목과 같은 À bout de souffle(원래는 '숨 가쁘게'라는 뜻이지만, 이 책에서는 소설의 느낌을 살려 '마지막 숨결'로 번역했다)이고 이 영화에 출연한 여배우가 로맹 가리의 사랑스러운 연인이자 두번째 아내였던 진

시버그라는 점, 이 작품의 원래 제목이 '지친 남자 I'이었다는 점, 그리고 이 작품을 쓰고 십 년 후 가리가 이 소설의 주인공이 실패한 계획을 자기 손으로 실현한 듯한 죽음을 맞이하게 되었다는 점을 미루어 보면 상당히 의미심장하다.

많은 분야에서 영광을 누렸던 시절을 뒤로하고 이제는 '없어져야 할 고리타분한 드골주의자', 구닥다리의 상징이 되어버린 '지친 남자', 로맹 가리 자신을 그대로 닮은 오십대 남자가 죽음을 준비하는 「마지막 숨결」에는 자조의 분위기가 진하게 배어나온다. 상어가죽 재킷이나 레지옹 도뇌르 훈장같이 구시대의 유물이자 백인 보수주의 부르주아라는 것을 단적으로 말해주는 상징물을 온몸에 걸치고 예술가연하면서(그런 식으로, 명예심과 허영심을 버리지 못하는 자신의 속물적인 면모를 일부러 드러내며 자조하는 것인지, 그가 정말로 속물이기 때문에 자신의 그런 행동을 자각하지 못하는 것인지 판단하기 어렵게 만들면서) 미국과 미국의 젊은이들을 대변하는 장소인 패스트푸드점으로 입장하는 늙은 남자. 자신의 죽음을 기다리며 카운트다운을 세는 음울한 사내. 그럼에도 그는 가슴속에 순정 같은 사랑을 품고 있다. 일로나에 대한 사랑. 『새벽의 약속』에서 이미 그 비극적인 결말까지 그대로 묘사했던 일로나와의 사랑 이야기가 여기서도 다시 한번 되풀이되고 있다. 로맹 가리의 진면목이 드러난 이 매력적인 작품이 '지친 남자 I'이었던 만큼, '지친 남자 II'가 쓰였더라면 과연 어떤 이야기가 전개되었을지 궁금해진다.

그리고 이 작품집에서 가장 긴 분량이면서 끝을 맺지 못한 소설「그리스 사람」은 로맹 가리 특유의 해학과 몽환적이고 신화적인 분위기가 어우러진 표면 아래 삶에 대한 애증과 인간의 본질에 대한 탐구욕이 모습을 드러내고 있다. '다른 것' '달라지는 것'에 대한 그의 갈망이 이 소설집에서도 어느 정도 실현되고 있는 것일까? 일곱 편의 소설은 저마다 다른 색조를 띠고 있다. 여리고 얌전한 여성적인 작품들이 있는가 하면 힘차고 선이 굵은 남성적인 작품들도 있다. 느리게 흘러가는 작품들이 있는 반면에 거침없이 빠르게 진행되는 작품들도 있다…… 그리고 그에게는 수없이 많은 얼굴이 있다. 그래서 어떤 이는 『새벽의 약속』을 쓴 가리를 좋아하고, 어떤 이는 『솔로몬 왕의 불안』을 쓴 가리를 더 좋아한다. 어떤 이는 문학적 현상인 에밀 아자르의 가리보다는 세상을 관망하는 구경꾼 가리를 좋아한다. 어떤 모습의 가리가 가장 가리다운 가리인지 또는 어떤 가리가 최고의 가리인지, 그것을 판단할 수 있는 절대적인 가치의 잣대는 없다. 그러나 로맹 가리가 바로 그 다양한 측면을 통해 총체적이며 긴밀한 연관성을 갖는 놀라운 작품 세계를 창조했다는 것만큼은 틀림없는 사실일 것이다. 진실과 거짓, 픽션과 논픽션을 교묘하게 뒤섞으면서 소설화한 이 이야기들 속에서 아자르가 태어나기 전, 아자르보다 더 생생하게 살아 있는 로맹 가리를 다시 만나볼 수 있다는 건 분명히 행운이다.

2008년 10월
윤미연

지은이 **로맹 가리**

1914년 모스크바에서 태어났다. 『유럽의 교육』으로 1945년 비평가상을 받으며 본격적인 작가 생활을 시작했다. 1956년 『하늘의 뿌리』로 공쿠르 상을, 1962년 단편 「새들은 페루에 가서 죽다」로 미국에서 최우수 단편상을 수상했다. 1974년 에밀 아자르라는 가명으로 『그로칼랭』을 발표해 프랑스 문단에 큰 화제를 불러일으켰고, 다음해 『자기 앞의 생』을 발표해 공쿠르 상을 수상했다. 주요 작품으로 『새들은 페루에 가서 죽다』『새벽의 약속』『여자의 빛』『내 삶의 의미』 등이 있다.

옮긴이 **윤미연**

부산대학교 불문학과와 동 대학원을 졸업하고 프랑스 캉 대학에서 공부했다. 『그레구아르와 책방 할아버지』『원무, 그 밖의 다양한 사건사고』『어느 완벽한 2개 국어 사용자의 죽음』『세상에서 가장 작은 동물원』『첫 문장 못 쓰는 남자』『파문』『우리는 함께 늙어갈 것이다』『은밀하게 나를 사랑한 남자』 등을 우리말로 옮겼다.

문학동네 세계문학

마지막 숨결

1판 1쇄 2008년 10월 20일 | 1판 2쇄 2008년 12월 12일
2판 1쇄 2010년 9월 15일 | 2판 4쇄 2021년 1월 11일

지은이 로맹 가리 | 옮긴이 윤미연 | 펴낸이 염현숙
책임편집 허주미 | 편집 류현영 | 디자인 오진경 이원경
저작권 한문숙 김지영 이영은 | 마케팅 정민호 정진아 김혜연 정유선
홍보 김희숙 김상만 함유지 김현지 이소정 이미희 박지원
제작 강신은 김동욱 임현식 | 제작처 한영문화사(인쇄) 경일제책사(제본)

펴낸곳 (주)문학동네
출판등록 1993년 10월 22일 제406-2003-000045호
주소 10881 경기도 파주시 회동길 210
전자우편 editor@munhak.com | 대표전화 031) 955-8888 | 팩스 031) 955-8855
문의전화 031) 955-3576(마케팅) 031) 955-2652(편집)
문학동네카페 http://cafe.naver.com/mhdn | 트위터 @munhakdongne
북클럽문학동네 http://bookclubmunhak.com

ISBN 978-89-546-1271-5 03860

www.munhak.com